阅读是安静的自我觉醒

Die Welt im Buch

〔德〕赫尔曼·黑塞 —— 著

Nobel prize in literature　　Hermann Hesse

易海舟 —— 译

天津出版传媒集团

天津人民出版社

果麦文化 出品

世界上任何书籍都不能带给你好运,

但它们能让你悄悄成为你自己。

目录

1   关于阅读

7   关于读书

16   书籍的魔力

29   阅读与教养

34   读书与藏书

39   查拉图斯特拉的重临

80   里尔克

84   评弗朗茨·卡夫卡

95   萨洛蒙·格斯纳

112   威廉·麦斯特的学习时代

144   致海明威的信

146　文森特·凡·高

149　卫礼贤

153　聊斋

159　凯尔特神话

167　阿拉伯童话

170　论诗歌

177　关于荷尔德林

183　一位无名诗人

188　圣诞书话

190　致读者的一封信

194　秋季下雨的星期天

赫尔曼·黑塞 | Hermann Hesse

(1877.7.2 — 1962.8.9)

关于阅读

大部分人并不知道如何阅读,也不知道阅读是为了什么。一些人认为阅读是获得"教养"的必要手段,虽然吃力,却不能逃避,他们通过各种阅读来体现自身的"良好教养"。而另一些人则认为,阅读是一种轻松的娱乐,可以用来打发时间,读什么倒是无所谓,只要不无聊就行。

比方说,穆勒先生阅读歌德的《艾格蒙特》,或者拜罗伊特女伯爵的回忆录,因为他希望通过阅读来"被教育",以弥补认知的漏洞和内心的匮乏。当他觉察到自身的匮乏和漏洞时总是紧张的,必须做点什么,也就是说,他认为教育是一种可依靠外部手段来获取的东西,只要努力就行。但实际上呢,他学来的太多东西其实是僵化的、无效的。

而梅耶先生则将阅读视为一种用以排解无聊的消遣。他拥有年金收入和太多闲暇，时间甚至多到不知该如何打发，所以他很需要那些作家们来帮他消磨漫长的一天。他像抽一根上好雪茄那样享受巴尔扎克的作品，像读报纸一样读莱瑙的诗。

但无论是穆勒先生这样的人，还是梅耶先生这样的人，包括他们的妻子和孩子，在其他事务上其实都是很有主见的，不像在阅读这件事上那么茫然。他们能够深思熟虑地买卖国债债券，知道晚上不宜吃难消化的食物，他们不会让自己的身体过度劳累，只做适当的体力劳动，保持身体健康。他们中的一些聪明人喜欢体育运动，并深谙这项消遣所带来的诸多好处：运动不仅让人快乐，还会让人变得更强壮，更有活力。

既然穆勒先生平时会健身和划船，那么他也会阅读。他应该明白，阅读和做生意并没有什么两样，若无收益，都是徒劳。如果不能真正被一本书打动，就不该在它上面浪费时间。读书，就是为了丰富认知，点亮心灵，让日子更鲜活。既然这个人并不渴望获得教授职位,他也没必要把读书当成"教学"。他应该为自己糟糕的阅读习惯感到惭愧,因为阅读一些不能滋养心灵的书籍,就像和混混无赖打交道一样恶劣。只可惜读者们往往把阅读想得太复杂,有的读者盲目崇拜书籍,认为印在纸上的字句无论善恶都是崇高的,有的读者则轻视书籍,认为那是一个由妄人创造的,完全不真实的世界,只能用来打发时间,获取一点惬意的感受。

尽管人们对文学有着这样那样的误解和轻视,穆勒先生们和梅耶先生们还是读得太多了。他们在机械的阅读上花费了太多时间,消耗的精力甚至超过了其他事务。他们隐约觉得能从书本中挖掘出有价值的东西,却在阅读时处于十分被动的状态。他们在生意场上可不是这样的,因为"缺失主动性"在商务中是要命的。

无论是期待通过阅读获得消遣与慰藉的读者,还是期待通过阅读获得教育的读者,都认为书籍中存在着某种振奋人心、升华精神的力量,但他们却未能准确理解和正确评估这种力量,就好比笨拙的病人在药房里胡乱翻找名贵药物，打开一个个抽屉，尝试瓶瓶罐罐。试想，在理想状态下，一个病人应该在药房中找到最适合自己的那款药，不被错误的药所毒害；一位读者也应该在书店和图书馆中找到最适合自己的那本书，不被填鸭式地灌输信息，而是得到真正的力量和滋养。

作家们应该希望自己的作品被广泛阅读，一个作家或许不该嫌弃自己的作品被读得太多。但是如果一个人的文字总是被误解和滥用，那么写作这份工作也会逐渐失去乐趣。少数的、心怀激赏的优质读者总好过数量多却浮躁的读者，虽然这样一来版税就减少了。

我斗胆强调一句，其实人们已经在"过度阅读"了，这并非什么荣耀之事，而是有失公平之事。书籍的存在，不是为了让没主见的人变得更没主见，更不是为了给那些不懂生活的人提供一种虚假的、便宜的生活替代品。恰恰相反，书籍只有一种价值，那就是服务于生活，并引导人们走向生活，构建生活。如果一个人在阅读时感受不到一丝力量的迸发，感受不到年轻的活力和新鲜的气息，那么就是在浪费时间。

从表面来看，阅读是强迫人集中注意力的契机，因此，"散漫地阅读"是无稽之谈。一个精神健全的人，在阅读时就应该全神贯注，而不是心猿意马。人们在阅读时也会发现，其实任何一本严肃认真的书都要求专注，要求一个人从千丝万缕中提炼出精华。哪怕只是一首小诗，也需要读者萃取所有的感受。假如我在阅读时不愿集中注意力，不愿沉浸式感受，那么我就不是一个好的读者。与其说我对不起这首诗和这本小说，倒不如说，我对不起我自己。

我把时间蹉跎在无价值的事情上了，我把宝贵的视力和注意力浪费在毫不重要、转瞬即忘的事物上，我的大脑被无用且难以消化的知识充塞，疲惫不堪。

人们常说，是报纸让人们的阅读习惯变坏了，我却不这样认为。实际上，一个人每天都可以专注而快乐地阅读报纸及各种读物。我甚至认为，对于一个人来说，挑选及重组新鲜信息，总归是一种健康有益的练习。毕竟，生命是短暂的，在彼岸的世界，可没人问你读了多少本书。

"为读而读"是不明智的，而且有损身心健康——注意，我说的不是糟糕的书，而是糟糕的阅读。读书，应该像我们在人生中所走的每一步，进行的每一次呼吸那样，我们应该有所期盼，投入心力，并由此获得更加充盈的人生。"浑然忘我"本是为了更确切地找到自我。倘若读过的书卷并不能带来快乐、慰藉、力量或灵魂的平静，那么了解文学史又有何意义？思想缺席、精神涣散的阅读，就仿佛蒙住双眼走在美丽的风景中。我们阅读并非为了忘记日常生活，恰恰相反，阅读是为了活得更明白、更成熟，为了把握好自己的生活。不要像紧张的学生走向老师那样走向书本，也不要像流浪汉走向酒瓶那样走向书本，而是要像登山者走向阿尔卑斯山，斗士走向武器库那样走向书本。不要像逃避者那样遁入虚无，而是要像勇士一般走向自己的友人和帮手。如果人类能够以这种方式阅读，也许我们未来的读书总量只会是目前的十分之一，但我们却能比现在快乐十倍，丰富十倍。这样阅读或许会导致书籍的销量锐减，导致作者更少写作，却并不会伤害这个世界，因为，写作本就比不上阅读。

1911年创作，后收录于《书籍的世界》

关于读书

我们人类的精神中有种与生俱来的冲动：发明各种类型，并将他人根据这些类型分门别类，什么"性格类型理论"，什么"祖先的性情"，什么"最前沿的心理学"，我从这些概念中都能找到分类的狂热需要。每个人也会无意识地将身边的人进行分类，根据性格的相似性，根据童年时养成的习气——这些分类是如此粗暴和武断，无论他们是基于个人的经验，还是遵循科学的类型建立。但如果我们换个角度看，有时候打破固有思维是有意义的。我们应该认识到，一人可以有千面，各种不同的性情与人格也可以在同一个人身上融合。同理，我在下面列举了三种不同的读书境界，并不是说不同的人分属于不同的境界，而是说每个人都会经历不同的阶段。

首先是"被动的读者",每个人都曾有过这种被动阅读的阶段:对待一本书就像对待一份食物,只知道囫囵吃下,全盘接受。不管是一个小男孩读一本印第安人的书,还是一位大学生阅读叔本华,此类读者都有可能没把阅读当作人与人之间的对话,而是当作马饮水或者是马拉车。书本引领,读者跟随,书的内容仅被当作客观的事实来接受,而且不仅仅是内容被当作客观事实!即使一些教养良好、品位优雅的读者,也会用被动的方式来读美的文学。他们不拘泥于内容和情节,不关心一本小说中讲了死亡还是婚庆,而是关心作者本身,他们对一本书本身的美感无动于衷,却喜欢作者的情绪。他们觉得代入作者即可感受到世界的完美,他们不假思索地接纳作者所赋予的意义。这些被动的读者在面对文学时,不是作为个体的人类,不是自己这个人,他们要么用情节来衡量一本小说,要么用惊险刺激或香艳色情,荣耀或苦难来评判,要么以作者本人为审美标准。这些读者想当然地认为,一本书就是用来阅读的,它的形式以及内容就是用来评判的,好比面包是用来吃的，床是用来睡的。其实人们对世间事物，包括对书籍还可以采取另一种态度，倘若一个人遵循自身的天性，而非遵循所谓的教育，他就能像孩子一样和事物玩耍，这样一来，面包就不再是面包，而是变成了一座小山，可以在里面打通一个隧道；床就变成了一个岩洞，一座花园，一片雪地。我说的第二类读者正是这种具备"天真的创造力"的人，这类读者不会将内容或形式视为这本书唯一的、最高的价值。这类读者就像孩子一样明白，每样事物里都蕴藏着千千万万的意义。当这类读者看到一位作者或哲人在努力说服自己，努力说服读者其作品的意义及价值，只会一笑了之。因为他看到这位作者的"不羁与自由"只是表面的，自由表象背后却是"不由自主"。这一类读者已经来到了较高的境界，他们明白了一些文学教授和文学批评家都完全不懂的道理：压根儿不存在的内容与形式的自由选择。比如一位文学史学者说，席勒选择了内容，并决定用五脚短长格来表现它；这位学者同时也知道，其实无论是内容还是五脚短长格都不是席勒自由选择的。他饶有兴味地看到，不是作者掌握了情节，而是情节推动了作者。这位读者不是像马拉车那样被作者驱使，而是像猎人追逐猎物，他在霎时间看到了创作自由表象下的迫不得已，这一刻的发现所带给他的喜悦已超过高超技巧和优雅语言所带来的快乐。

顺着这条路，读者会来到第三层境界，我必须再次强调，我们之中没有哪一位可以长久地属于这层境界。每个人都有可能今天在第二层，明天在第三层，后天又回到第一层，大后天又回到第三层，也就是最后一层境界。最后一层境界的读者恰好是所谓的"好读者"的反面，他们很自我，是他们自己，可以完全自由地阅读，他们既不需要通过阅读来获得教育，也不需要通过阅读来获得轻松快乐的消遣。书本于他们而言和这世上大多数物件一样，只是一个出发点和契机，因此，在他们看来，读什么根本不重要。他们阅读一位哲人的作品，不是为了信仰他，接受他的教诲，也不是为了抵制他、批判他，他们阅读一位作家的作品从来都不是为了被指导、被教育，因为这类读者完全可以指引自己，只要他自己愿意，就可以完全变成孩子，与万物嬉戏。从某种角度来说，与万物嬉戏也是最有效、最投入的方式，如果这类读者在书中找到了一句美丽的格言，一种智慧，一个真理，他们也不会盲从。他们早已知晓，一个真理的反面也有可能是真理。他们早已知晓每一种精神立场都是一个极，而它的反极也可能同样美好，在这种情况下，他是一位赤子，他珍视这份联想，同时也明白还存在其他联想。我们中的任何一位只要达到这第三层境界，就可以随心所欲地读任何东西，可以是一本小说，也可以是一本语法、一份交通图，甚至是印刷厂的字体测试。在这阅读的时光里，我们的想象力和联想力也达到了顶峰。我们不只是在读眼前的书页，还畅游在灵感的激流中。而这些意境、激情与印象正是文学带来的，也许来自文本内容，也许来自字词的形态，甚至报纸上的广告，都可以是一种启示。那些平平无奇的语句，当你像玩马赛克一样拼接和重构它们的时候，同样可以带来幸福与被肯定的感觉。

以童话《小红帽》为例，读者可以将它视为宇宙寓言、哲学书或浪漫的情色小说。读者也可以读一个香烟盒上的印刷字，与词句、字母和音律玩耍，内心涌现出万千回忆，头脑穿越认知的丰盛乐园。

有的人肯定要批判了："那还算阅读吗？如果一个人阅读歌德的书，却无视歌德的意图和想法，甚至将这些文字当作广告内容或者一堆随机的字母来读，那他还算读者吗？你所谓的第三层也是至高境界，难道是这般低级、幼稚、野蛮的吗？对于这类读者而言，荷尔德林的音律在哪里？莱瑙的激情在哪里？司汤达的意志在哪里？莎士比亚的宽广又在哪里？"这样的指责是对的。处于第三层境界的读者，已经不再是读者了。一直处在这个境界的人很快就不再阅读了，因为一块地毯的花纹或者墙上石子的排列，在他眼里就像书中文本的排列一样美丽，而书籍本身于他而言只不过是印满字母的纸张罢了。

事实就是如此，最高境界的读者已经不再是读者了，也不再需要什么歌德或莎士比亚的名号，这一境界的读者已经超越了阅读。世界已在胸中，还要书做什么？当然只有持续处于这个境界的人才不需要阅读，但是实际上无人能够一直处于这个状态，从未见识过这个境界的读者，当然也是糟糕的、不成熟的读者，他不明白，其实世上的一切诗歌和哲学都源自我们自身的本性，而非源于外部的什么。人在一生中但凡曾经短暂到达这第三层境界，无论是一小时还是一天，那么他在今后的阅读中就会成为一个更好的读者，一个更好的聆听者和文学的理解者。虽然境界跌落是如此轻易。人一旦来到这层境界，就会发现路上石子的意义也并不亚于歌德和托尔斯泰，而且他之后在阅读歌德、托尔斯泰以及其他作者的作品时，会从中品尝到更多生命的琼浆和蜜汁，对生命有更多的肯定，因为在那种状态中，歌德的作品已不再是歌德，陀思妥耶夫斯基的作品也不再是陀思妥耶夫斯基。这些作品仅仅是一种尝试，是一种永远也不可能抵达目的的尝试，将周围那个有着种种声音和意义的世界记录下来。

试着抓住你在散步时闪现的一些小念头吧，或者试着抓住一个你在夜里做的轻盈的、单纯的梦。比如说你梦到有个男人用一根棍子威胁你，最后却发给你一枚勋章。这个男人是谁呢？你思索着，你想到了你朋友的脸、你父亲的脸。但是这张脸上却出现了一些难以言传的女性特质，让你想到了你的姐妹、你的爱人，而他用来威胁你的那根棍子上有一个节，这又让你想到你在学生时代第一次徒步时使用的登山杖，于是万千回忆都一股脑儿地涌现出来，倘若你试图抓住这个小梦的内容，无论是用叙述的方式还是用记录关键词的方式写下来，那么在你抵达那枚勋章之前，你就已经写下了一本或好几本书。因为梦境就是那个兔子洞，你可以通过它窥见自己的灵魂。而这些内容正是整个世界，一分不多一分不减，是自你出生起的整个世界。从荷马到亨利希·曼，从日本到直布罗陀，从天狼星到地球，从小红帽到柏格森——正如我们要真实记录自己的梦境世界一样，作者也要真实地面对自己的文字世界。

歌德《浮士德》的第二部分提到，近百年来的学者们和恋人们已经反反复复探讨了人心之中最美丽也最愚蠢的，最深刻也最庸俗的东西。在每一部作品中，表象之下都有着隐秘的、神秘的、万千幻化的多重含义。新派心理学也重视这些符号的多重内涵，如果我们没有这样的领悟，哪怕只是一次性的领悟，明白表象之下的无尽丰盛与深刻，那么和诗人及思想家之间就还是有障碍的，我们会像盲人摸象那样把局部看成整体，把最肤浅的表象看成意义。每个人都有可能在阅读这件事上游走于三个阶段之间。同理，在建筑、绘画、生物学和历史学方面也存在这三个阶段——万事万物中都存在着这三个阶段。在可以乘物游心的第三重境界中，你是你自己，能够提升悟性，悟到诗意，悟到艺术，悟到世界——倘若一个人无法悟到这层境界，那么他读这世上所有的书，无论科学或艺术，就如同小学生读语法一样。

　　1920年创作，后收录于《书籍的世界》

书籍的魔力

在人类并非依赖自然之馈赠，而完全以自身精神所构筑的诸多世界中，最大的恐怕就是书籍的世界了。每个孩子，当他在书写板上写下第一个字母的时候，当他第一次尝试阅读的时候，就已经踏入了这个高度复杂的人为世界。即使穷尽一生，也无人得以完全认识并运用这个世界的规则。试想，若没有词句、文献和书籍，就不会有人类的历史，甚至不会有人类的概念。假设有人想在一个与世隔绝的地方了解并掌握人类的浩瀚历史，那么阅读书籍是一种他可以选择的有效方式。不过，即使穷尽一生，也无人可以完全认识并运用书籍世界的所有规则。尽管我们已经认识到了研究历史和史学的风险，我们也在过去的几十年里经历了用生活感触来对抗历史叙事的进程。但是，这种反抗也教会我们一件事：放弃徒劳的挣扎，不再反反复复试着去继承那些历史精神遗产，并不能让我们的生活和思想更纯洁。

在全世界的古老民族中，字词和书写都是神圣的、有魔力的。命名与写作本质上是一种通神行为，能够联通自然与精神。在世界各地，书写都被视作来自神的创造，倘若一个年轻人决心学习这项伟大的技能，那是相当了不起的事情，是要通过无所保留的献祭与牺牲来获得的，谈何容易？与今日的民主社会相比，精神灵性在那时的世界是更稀有的东西，但也因此更高贵、更神圣，它在神明的保护之下，不会向所有人敞开。通往灵性的道路是艰难的，却也值得，如今的人们或许想象不到，在那种年代精神贵族究竟意味着什么，而在文盲的世界里，拥有读写的能力又意味着什么——那意味着优越性和力量，意味着白魔法和黑魔法，意味着神器与魔杖。

这一切在今时今日都不同了：书写与精神的世界可以向任何人敞开，除了少数刻意躲避的人，几乎每个人都会被卷入这个世界中；在这个时代会读和写，就像会呼吸一样稀松平常，读写技巧也不可能比骑马更难了。如今词句和书籍似乎已经失去了所有特殊的尊严，失去了所有魅惑和吸引力，失去了所有魔法。尽管宗教书籍中尚存在"神圣"一词，但鉴于唯一拥有实权的教会不愿看到《圣经》作为普通书籍被传播，那么现实世界里便不存在真正的神圣书籍，除了一小群虔诚的犹太人和一些基督教的旁门左道，人们在一些地方做正式宣誓时，还必须遵守这样的规定：宣誓者必须将手放在《圣经》上。但这样的习俗也不过是昔日强权的余烬罢了。手按《圣经》就和宣誓仪式本身一样，对于普通人已经失去了神圣的意义。书籍已不再是神秘之物，看起来人人皆可获得。从民主自由的角度来说，这是一种进步，但从另一种角度来说，又是精神世界的堕落和粗俗化。

当然这种"成功前进了一步"的良好感觉是不该被剥夺的。读和写也不再是某个阶层或某些受教育人士的特权，自印刷术被发明以来，书籍已成为在大众中广泛传播的消费品和高档商品。大规模印刷让书籍的价格变得平易近人，每一类人都能找到最适合自己的书，不富裕的人也一样能读书。书籍一词几乎已失去所有的往日光环，甚至在大众眼中，电影和广播似乎还更具魅力和价值。不过我们倒也不必太为此难过，更不必担心书籍会在未来消失。恰恰相反，随着时间的推移，必然有越来越多的表达形式替代书籍的位置，满足大众对教育的需求，书籍也将赢得更多的尊严和威信。因为我们从心底知道，文字和书籍的意义是永恒的，我们看见的文字表达不仅仅是一种重要手段，也几乎是保留人类自身历史和意识的唯一手段。

当然，今日的我们还是要为书籍感到可惜，因为新兴的发明如广播和电影，多少还是削减了书籍的功效。我认为，像一些缺乏艺术诗性，但富有情节性、画面感、紧张感和刺激感的书籍，倒是可以由电影或广播来替代和传播。如此一来，人们也就不必再浪费时间和视力在那些娱乐性的书籍上。虽然我们表面上还看不到分化，但分化早已在我们看不见的地方发生了。现在我们时不时会听说，某位诗人不再写书或创作戏剧，而是转投电影事业。通过这个过程，那些必要的、合情合理的分化便已产生。有些人误认为作诗和拍电影是一码事，或者至少具有许多共性，但事实并非如此。我这么说不是为了褒扬诗人，或贬低电影制作者，实际上这两者我都很尊重，但一个通过语言来叙述和描写的人，和一个通过一群演员及工作人员来表达的人，原则上来说是不一样的。一个写诗的人可能会写得很糟，一个做电影的人可以非常优秀，但这些都不是重点。有件事大众尚未察觉，而且在很久之后才有可能察觉，但在创作者的圈子早已被知晓：为达到某个特定的艺术目标，使用何种表达形式是关键。当然，也有打破形式界限的情况，比如诗歌般的小说或批判性的电影创作——那些天才而狂野的创作者们，不计后果地涉猎自己无法驾驭的领域。但不管怎么说，艺术形式的界限都有其存在的意义，比如能够让文学的概念更加清晰，比如通过让各种艺术形式互不干扰，减轻每一种艺术形式的负担。正如摄影并不会伤害绘画一样，电影也不会伤害文学。

不过还是让我们回到主题上来，我刚才说过，现如今书籍只是看起来失去了魅力，文盲只是看起来少了，为什么说是"看起来"呢？也许古老的魔法依然存在，也许还是有神圣书籍、魔鬼书籍、魔法书籍的。也许"书籍的魔力"从未湮灭于过往的传说之中，我们只要看看历史，就知道人类精神世界的法则如同自然世界的法则一样，鲜有变化。人们可以取消神职人员的特权，也可以让仅属于少数人的知识向大众开放，甚至逼迫公众去学习，但这一切都是最表面的现象。实际上，自路德翻译了《圣经》，古登堡发明了印刷术以来，人类的精神世界就不曾发生太多改变。所有的魔法都还在，洞悉精神世界之奥秘的人依旧只是一小部分，而这一小部分人也变得更加隐秘了，近百年来，写作和书籍已经变成各个阶层共同拥有的东西，如同着装规定被废止后，时尚一夕之间变成大众消费品。即便如此，时尚的创造却依然只属于少数人，比如一件衣服由一位教养良好、品位优雅的女子来穿，总会比一般女子穿更为出众。人类精神领域民主化之后还产生了一种怪异的、令人困惑的变化：精神世界一旦脱离了神职人员及学者的引领和掌控，就游离起来，尺度和标准也随之变得更加模糊，人们失去了可以信赖的权威。不得不说，目前引导精神世界、掌控大众话语权的阶层，与真正进行创作的人，不是一类人。

我不想说得过于抽象，干脆拿近代的阅读史来举例吧。可以设想一下，1870至1880年间，一位喜爱阅读的德国人都在读些什么？他可以是一位骑士，一位医生，一位大学教授，一位热爱书籍的普通公民。他都读些什么？他对那个时代的创造性精神和他的人民有何了解？他又是如何参与到现在和未来的创造中的呢？那些曾经在某个时代被批评家和大众评委所看好的、值得期待和阅读的文学作品，如今又在哪里呢？实际上已经所剩无几了吧。

就在陀思妥耶夫斯基还在写书，尼采也籍籍无名，甚至在这个富裕又耽于享乐的德意志里遭受最严重孤立的时候，德国的读者们无论男女老幼，无论身份高低，都在读施皮尔哈根和马利特，最多也就读读现象级畅销作家艾曼努埃尔·盖贝尔的诗。

透过众多例子我们可以看到，尽管精神世界已经明显民主化了，似乎一个时代的精神财富也属于所有学习了阅读的人，但真相是，一切重要的创作其实都在以隐秘的方式进行着，表象之下有着秘密的布道和祭祀，它们是深藏不露的精神财富，不经任何允许就来到这地球上，具有震撼几代人的力量。尽管就在世人眼皮底下，世人却无法知晓他们的魔力。

但在一些更小、更纯粹的圈子里，我们每天都能看到书籍的奇妙命运：有时候可以展现最高魔法，有时候又可以隐匿天分，诗人们生长、死去，只被少数人识得，甚至不被知晓。或许只有在他们死后，我们才得以看见他们的作品，这些作品在他们身后的百年时空里绽放，就仿佛时空的界限不存在一样。我们惊奇地看到，曾被同时代人抛弃的尼采如何在几十年后成为最受欢迎的作家。他的书被再版，一版接一版。又比如荷尔德林，在诞生百年之后，突然成为大学生们痴迷的对象。又比如古中国的智慧宝藏，在战后时代广受人们喜爱。甚至一些翻译粗糙，也未被好好理解的老子著作突然像《人猿泰山》和《狐狸教育》一样，变成了当今的时髦，并且以一种鲜活的、富有创造性的方式影响着我们的精神世界。

我们每年都会看到成千上万的新生入学，看到小孩子写出第一批字母，认识第一批单词，也逐渐看到，如今，阅读对于大部分孩童来说已是理所当然，不是什么大不了的事情，但是仅有少数人才会保住这个学校赋予他们的魔法钥匙，一年又一年地使用它，坚持十年、几十年，越来越为之着迷，越来越为之惊喜。虽说现如今人人都可习得阅读，却仅有少数人知道，这意味着获得了一种多么强大的护盾。为初学读写而自豪的孩童，往往是先学会第一句格言或谚语，接着是第一个小故事、第一篇童话，深深沉浸和陶醉其中，但是渐渐地，他们不再认真阅读，就只看一点报纸上的新闻和广告。经过岁月的大浪淘沙，迷恋文字的人仅剩下凤毛麟角，这些人会成为真正的读者。有些孩子总能在阅读教材中发现一些诗歌和故事，比如克劳狄斯的诗句，赫贝尔或豪夫的故事。他们一旦通过这些教材学会阅读，就不会将阅读习惯抛诸脑后，而是继续探索书籍的世界，一步步去发现这个世界是多么辽阔、丰盈和美妙。最一开始，他们以为这世界只是一个漂亮的小幼儿园，有着郁金香花圃和金鱼小池塘，接下来，却发现花园变成了公园，变成了壮阔的风景，变成了大地、世界、天堂和乐园，用新的魔力来诱惑，在万千色彩中绽放；而昨日看起来像花园、公园或原始森林的地方，今日或明日，都有可能成为恢宏的庙宇和殿堂，容纳人类所有时期的精神与思想，时刻等待新的觉醒，体验百花齐放、万法归一的精神。

每一位诚挚读者眼中的书籍世界都是独一无二、浩瀚无垠的，每一个人都在其中寻找并体验自我，从少儿童话到莎士比亚和但丁，从学习教材到浩瀚星空，从开普勒到爱因斯坦，从虔诚的孩童祷告到圣托马斯和波那文都的神圣苍穹，或是来到犹太法典思想的崇高境界，来到奥义书中春风化雨般的比喻，哈西迪人动人的智慧，来到简洁有力却又如此友好、仁慈和开明的古中国教诲……通过原始森林的道路有千万条，它们通向千万个目的地，没有哪个目的是终极目的，每一个抵达点之后都有新的山河。

是迷失在书本的丛林中窒息而死，还是找到对的方法，将阅读经验转化为人生阅历并受用终生，这取决于智慧或运气。不理解阅读魔力的人看待书本世界，就像不懂音乐的人看待音乐，他们往往倾向指责阅读是一种病态而危险的激情，使人难以适应生活。当然，他们说得也有几分道理，不过首先得确定何谓"生活"——我们是否固执地将"生活"和"精神"对立起来了？其实，从孔子到歌德，大多数优秀的思想家和精神导师都是生活能力极强的人。当然，教育家们都清楚，书本世界也有它的危险，但这种危险是否就大于那种缺少书本的生活的危险，我还没空去思考。我是那种从小就被书籍迷住的读者，如果我能像海斯特巴赫修道院的僧侣一样，在书籍世界的庙宇、迷宫、洞穴和海洋中沉浸百年，根本不会觉察到这个世界正在变小。

我甚至还没提到这一点：目前，全世界的书籍正在不断增加！无论如何，对于每一位真正的读者来说，即使一本新书都不增加，我们也可以在接下来的几十年、几百年继续学习、钻研和享受现有书籍的宝库。我们每学习一种新的语言，就会增加一种新的体验，这种体验的丰富程度远远超出了我们在学校习得的语言！不是只有一种西班牙语，一种意大利语，一种德语，或三种德语，什么古高地德语、中古高地德语、现代德语等，哦，不，其实可以有一百种德语！一百种西班牙语，一百种英语！就像这世界有多少个民族就有多少种思维方式和生活感受一样，这世上有多少原创思想家和诗人，就有多少种语言。比如歌德写作的时候，让·保罗也写出了完全不同的、纯正的德文——可惜歌德并未正确认识到这一点。实际上，一切语言都几乎无法被翻译！追求高级智性的民族妄图将世界文学的全部作品翻译成其他语言（德国也是其中的佼佼者），这是一件很了不起的事情，也在个别情况下结出了美妙的果实，尽管如此，这种尝试不仅未能取得完全的成功，原则上也将永远无法实现，就像无人能写出韵律如同荷马史诗的六音步诗行。但丁的伟大诗篇在过去的一百年里被译成了几十种德文，这当中最成功、最重要的诗歌转译者，认识到一切将中世纪语言译成现代语言的尝试都是不准确的，为了贴近原文，他为他的德语但丁发明了自己的语言，一种诗意的中古德语，为此，我们只能献上由衷的钦佩。

  一位读者即使没有掌握任何新的语言，即使还没有涉猎一些新的文学领域，他也可以继续在熟悉的领域去阅读，去分辨，进行自我提升和自我教育。每位思想家的每一本书，每位诗人的每一首诗，隔上几年就会在读者心中展示出新的面孔，激发出新的感悟，唤起新的回响。我在年少时第一次读歌德的《亲和力》，只是非常片面地理解了其中的内容，现在第五次阅读这本书，读到的内涵与第一次是完全不同的！这些阅读体验的神秘和伟大之处在于：个体之间对阅读的理解越是不同，越是敏感、细腻、丰富，我们就越能看到每一种思想、每一种创作的独特性、个性和局限性，也看到，所有的美和魅力正是建立在这种个性和独特性的基础之上的。与此同时，我们也越来越清楚地看到，来自不同民族的千千万万的声音是如何为一个共同目标而奋斗，以不同的名字呼唤着同一个神灵，梦想着同样的愿望，承受着同样的苦难。阅读中灵光闪现的时刻：从千年来浩瀚的语言和书籍的千丝万缕中，一个崇高、奇妙而超现实的奇美拉出现在读者面前——人类的面孔，从无数矛盾的特征中幻化成一个统一体。

1930年创作，后收录于《书籍的世界》

阅读与教养

真正的教养并非为了某个具体目的而存在,教养的意义在于教养本身,就像人们追求身体的力量、灵巧与美丽并非为了一个什么终极目标,努力也未必能使我们变得更富有、更出名或更强大,但是它却增强了我们对生活的感知,提升了我们的自信,我们也在这个过程中,变得更快乐、更幸福,并由此获得更多的安全感和健康。同理,对"教养"的追寻,并非通往某个限制性目的的辛酸路,而是精神与灵魂的完善过程,可以强有力地拓宽我们的认知,丰富我们的人生,增添幸福的可能。因此,真正的教养是身体力行,是圆满与动机的合一,通往它的道路有千千万万条,学无止境。也许这不会提高我们的某个单项技能或成绩，却能为我们的人生赋予意义，让我们对过去释怀，并勇敢迎接未来。

通往教养的道路之一，就是研究世界文学。一个人可以在研究的过程中逐渐走进思想、经验、象征、玄幻与理念的宝藏，那是各民族的诗人与思想家通过作品留给人类的。这条路通向无尽的远方，无人能够走到终点，甚至无人能研究完自己民族文化中的文学宝藏，更不用提全人类的文学。但是没关系，只要能够透彻了解一部分优秀的著作，本身即圆满，也是一种幸福的体验。作品不是读得越多，知道得越多就越好的，而是应该自由地选择，根据个体需求，在闲暇时间充分而透彻地阅读。只有这样的阅读，才能让人了解人类思想与求索的广度和充实度，并与整个人类的生命和心跳产生共振——这也正是一切生命的意义所在，生活不只是为了生存。当然，读书不是为了让我们好逸恶劳，而是为了让我们集中注意力，让我们远离无聊的习气，不被世界的浮华与虚假迷惑，过上更充实、更有意义的生活。

选读世界文学的方式因人而异，时间与钱财的投入只是一方面，另外还有许多别的影响因素。比如一个人可以最崇敬柏拉图这位圣哲，最爱荷马这位诗人，并逐渐以他们为文学核心，来排序和判断，而另一个人则有可能以其他作家为核心。有的人偏爱高贵的诗性文字，享受富有想象力和音乐律动的表达，有的人则偏爱严谨的、知性的文字。有的人推崇母语的著作，不看其他语种的作品，有的人却更喜欢法国、希腊和俄国的文学。我们必须考虑一点：即使最博学的人，也仅能掌握几门外语，也并非所有的外国文学作品，都能被翻译成本国语言。毕竟，各时代各民族的作品浩如烟海，而一些文学作品，甚至都难以被翻译。比方说一些真正的诗歌，不单只是通过流畅的句式传达美妙的内涵，那些诗中的词句和音节本身就富有意义——创造性的语言中的音律，也正是世界律动与生命律动的象征。这些语句是无法复刻的创造，因为它们不仅与诗人的母语有关，还与诗人独特的用语习惯有关，因此，无法被翻译。一些崇高而珍贵的文学作品只能被极少数人读到，因为承载它的语言已经随着文化消亡了，比如普罗旺斯吟游诗人的诗，唯有充满爱心的学术研究才能复活这些音韵。我们德国人有幸拥有大量从外语和死语翻译过来的宝藏，要珍惜。

读者与世界文学之间的关系应该是"活的"，也就是说，读者首先应该认识自己，进而深刻认识那些触动自己的作品，而非遵循某个固定框架或教育系统。读书这件事，必须走爱的道路，而非强迫的道路。不要因为某本书很出名就强迫自己去读它，也不要因为自己不认识或没读过某本名著就感到羞耻，羞耻才是谬误！每个人都应该从自己感到舒服自然的地方开始阅读，逐渐去理解，去热爱。一个人从学生时代起就能发现自己的偏好，有的人喜欢读优美的诗歌，有的人喜欢读历史或乡土传奇，有的人喜欢民谣，有的人则喜欢那些探寻和表达内心情感的优秀书籍。读书的道路千千万万。一个人可以从教材和日历出发，最终抵达莎士比亚、歌德或孔子。我们不用勉强自己读书，比如别人硬塞过来的书，试着读了但又不感兴趣的书，读不下去甚至引起反感的书，都可以果断放下。千万不要用暴力和忍耐来强迫自己阅读！成年人更不应该敦促孩子只读某一类型的书，这样容易适得其反，让年轻人终生厌恶阅读经典作品。实际上，人人都有权利寻找对味的诗歌、报道或文章，并由此展开探索。

我说得够多了！总之，世界文学的殿堂是向所有求索者敞开的。我们不要被这个宝库的浩瀚吓住，因为阅读量根本不是问题。有的读者一生之中只读过寥寥几本书，却是真正的读书人；有的人囫囵吞枣地读过太多书，也喜欢到处发表意见，但他们的努力终归只是徒劳，因为真正的教养必须以可被教养的事物为前提，比如性情与人格。如果缺少了这些，教育就沦为空谈，或许可以传递知识，却无法催生爱与生命。没有爱的阅读，没有敬畏的求知，没有心的教育，是戕害灵魂的三大罪孽。

1929 年创作，后收录于《世界文学导览》

读书与藏书

曾经，人们认为每张印了字的纸都有其价值，认为所有印刷品都是智力劳动的结晶，都值得尊重，可惜现在这种观点在我们当中已经过时了。只有在滨海地带或高山之上，还零星存在着一些与世隔绝的人，他们的生活尚未受到印刷品泛滥的影响，对他们来说，一本日历、一本小册子，甚至一份报纸，都是值得珍藏的宝贵财富。我们习惯于免费接收大量印刷品，并嘲笑那些"老古董"，因为对于他们来说，所有经过书写或印刷的纸张都是神圣的。

当然，对书籍的尊重依然存在，也就是最近，书籍才开始被免费发放，或者在一些地方沦为一种廉价商品。

虽然德国人收藏书籍的兴致也在增加，但我还是要说，人们依然缺少对藏书的正确理解。很多人宁可把钱花在啤酒馆和舞厅，也不肯用来买书。他们用于买书的开销还不及这些玩乐的十分之一。对于一些传统的人来说，书籍就是客厅毛毯上积灰的圣物。

基本上，每一位真正的读者也都是爱书之人，因为任何一个懂得用心选书、爱书的人，可能也都想拥有它，想要把它永远留在身边，保持触手可及的距离，反复阅读。相比之下，借书、通读和还书是一件更简单的事情，在大多数情况下，读过的书很快就会从家里消失。有的读者一天就能读完一本书，尤其是不工作的女性，对于她们来说，可供借阅的图书馆仍然是正确的选择，因为她们并不想收集珍品，也并不想通过读书结交朋友，丰富自己的生活，她们只是为了满足一种渴望。戈特弗里德·凯勒曾为这类读者画过一幅很好的画像，他们只借不买的坏毛病是改不掉的。

一位好的读者可以通过读书了解一个陌生人的性情和思维方式，试图理解他，甚至赢得他的友谊，尤其是在阅读诗人的作品时，我们要了解的不仅仅是小圈子里的人和事，更重要的是诗人本身，是他的生活方式和观察方式，他的气质，他内心的样子，最后是他的笔迹，他的艺术手段，他的思想和语言的节奏。凡是被一本书深深吸引的人，凡是开始认识和了解作者的人，凡是与作者建立了感情的人，现在才开始感受到这本书的真正效用，因此不会把它送人，不会将它抛诸脑后，而是会想办法保留它，购买它，以便根据需要再次阅读和体会。凡是这样买书的人，凡是只买打动他心灵的书的人，很快就不会再漫无目的地胡乱阅读，而是会逐渐收藏起一系列优质的作品，这些作品对他来说是有价值的，他是能够在其中找到快乐和知识的。藏书式阅读，无论如何都比不加选择地胡乱阅读更有价值。

压根儿不存在什么"最好的书排行"，每个人都有自己独特的选择，选择他眼里可亲的、好理解的、可爱的、有价值的东西，这就是为什么一个好的图书馆不可能是范式化的，因为每个人都必须遵循自己的需要和爱好，逐渐为自己搜集一些书籍，就像搜集朋友那样。当他搜集到一定程度，这一份小小的藏书对他来说可能意味着整个世界。有些读者的藏书仅有寥寥数本，比如许多农妇只拥有也只了解《圣经》，但她们从中读到的知识，获得的安慰和喜悦，比任何娇生惯养的富人从他的豪华图书馆中得到的都多。

书籍对一个人的影响是神秘的。许多父亲或教育工作者都有过这样的经历：在某个"恰当的时机"送给一个男孩或年轻人一本好书，最后才发现这是一个错误。每一个人，无论老少，都必须找到自己进入书籍世界的方式，有时候提示和友好的监督也能起到作用。有些人在很小的时候就能亲切地感受到作者的气息，而有些人则需要很多年才能意识到阅读这东西是多么甜蜜和美妙。你可以从荷马开始，以陀思妥耶夫斯基结束，或者反过来；你可以跟着诗人入门，最终走入哲人的世界，或者反过来。读书有一百条路可以走，但通过书籍进行自我教育，完成心智成长的法则只有一个，那就是尊重自己所读的东西，耐心地去理解，谦虚地接受和倾听。为了消遣而阅读的人，无论读了多少书，无论那些书本身有多好，他们都只会读过即忘，忘了再读，但是读来读去还和以前一样贫乏。可那些把书当作朋友的读者却不一样，他所读到的东西不会消散和遗失，而是会与他同在，属于他，为他带来欣喜和安慰——唯有好朋友才能做到这一点。

1908年创作，后收录于《书籍的世界》

查拉图斯特拉的重临

传言说，查拉图斯特拉已再度出现在街头巷尾，于是，一些年轻人开始寻找他。这些年轻人刚从战场归来，面对崩溃的故乡满心忧愁、寝食难安，因为他们看到大事件已经发生，其意义则是晦暗不明的，对于一些人来说或许只是荒唐一场。这些年轻人在年少时，便将查拉图斯特拉当作先知和导师。他们大量阅读关于查拉图斯特拉的著作，讨论他、研究他，无论是在山林间漫游时，还是在夜晚静室的灯光下。于是，查拉图斯特拉成为他们的圣人，如同那些最先唤醒自我与命运的强音已成神谕一般。

这些年轻人发现查拉图斯特拉时，他正站在一条挤满人群的宽阔街道上，紧贴着墙壁，听一位战车上的民众领袖向人群发表演讲。他听着，微笑着，注视着人们的脸，就像一位老隐士注视着大海的波涛和清晨的云彩。他看到了人们的恐惧，看到了人们的不耐烦，看到众人是如此彷徨无助，像手足无措要哭泣的孩子，他也看到了坚定者和绝望者眼中的勇气和仇恨，他不厌其烦地看着、听着演讲者的高谈阔论。年轻人从他的笑容中认出了他。他不老，也不年轻，不像教师，也不像军人，他像一个人——那个人仿佛刚刚从黑暗中走出来，并成为他的第一个同类。

一开始，他们怀疑他是不是查拉图斯特拉。但从他的微笑中，他们认出他就是查拉图斯特拉。他的微笑明朗，但并不和蔼可亲；没有恶意，但也不敦厚。这是战士的微笑，更是一个见多识广、不再热衷于哭泣的老人的微笑。他们由此认出了他。

演讲结束后，吵闹的人群逐渐散去，那些年轻人走近查拉图斯特拉，毕恭毕敬地向他问好。"大师，你来了！"他们结结巴巴地说，"你终于在我们最需要你的时候回来了。欢迎来到我们身边，查拉图斯特拉！请你告诉我们该怎么做吧，请你引领我们前进吧！请你将我们从这最大的危机中拯救出来吧!"

他微笑着召集这些年轻人,然后一面自顾自往前走,一面告诉这些洗耳恭听者:"我非常高兴。是的,我又来了,也许只来一天,一小时。我来看看你们演哪出戏,我可太喜欢看戏了,因为演戏时,人最为真诚。"

年轻人听了,面面相觑;在他们看来,查拉图斯特拉的话未免太玩世不恭,太漫不经心了。人民已经陷于水深火热之中,怎可说是演戏?面对满目疮痍的祖国,他怎么还能笑得有滋有味?那些民众,那些演说家,那些认真的时刻,还有他们这些年轻人的庄严和敬畏——这一切怎么可能仅仅是他的视听盛宴,仅仅是他观察和微笑的对象?现在难道不该泣血哭泣吗?不该捶胸顿足,怒吼控诉吗?不管怎么说,现在最是应该用行动拯救国家与人民的时刻啊!

这些年轻人还没来得及开口,查拉图斯特拉已觉察到他们的不满。他说:"你们好像对我很不满,年轻的朋友们!我知道你们会这样,但我还是挺吃惊的。当一个人期待某件事时,往往会出现与期待相反的事物;当我们的内心盼望着什么时，我们内心的另一面却盼望着与之相反的东西。朋友们，你们心里的想法也是如此矛盾的。那么请告诉我，你们不想和查拉图斯特拉谈谈吗？"

"我们当然愿意和你说话。"大家热切地叫着。

于是，查拉图斯特拉微笑着继续说："那么可爱的人呀，你们就跟查拉图斯特拉说说话，听听查拉图斯特拉的话吧！站在你们面前的这位既不是演说家，也不是军人，既不是国王，也不是将军，而是年老的隐士、小丑、发现最后笑容的人，发现如此多悲伤的人，查拉图斯特拉。你们无法从我这儿学会统治人民或反败为胜的方法，我也无法教会你们统领大众，安抚饥民的方法。这不是查拉图斯特拉所擅长的，也不是查拉图斯特拉所忧虑的。"

年轻人都沉默不语，失望之情溢于言表。他们走在先知身边，既尴尬又不情愿，久久无法接话。最后，他们中最年轻的一位开口了，说话时，他的眼睛开始闪闪发光，查拉图斯特拉也快乐地看向他。

"好吧，"最年轻的男孩说，"告诉我们你到底要说什么。如果你只是来取笑我们，取笑这个民族的苦难，我们知道有比和你一起散步、听你讲笑话更好的事情可做。看看我们吧，查拉图斯特拉，虽然我们都很年轻，但也都服过兵役，直面过死亡，我们再也不想沉迷于游戏和漂亮的消遣了。大师啊，我们尊敬你、爱戴你，但我们对自己与对我们同胞的爱胜过对你的爱。你应该知道这一点。"

听到男孩这样说，查拉图斯特拉的脸上露出了笑容，他和蔼甚至温柔地看着男孩愤怒的双眼。

"我的朋友，"他笑容灿烂地说，"你说得真对，不要不假思索地就接受老查拉图斯特拉，要摸清他的底细！要在你认为他敏感脆弱的地方给他挠痒痒！亲爱的，你的不信任是多么正确！你也知道你刚才说了一句好话，一句查拉图斯特拉喜欢听的话吗？你说：'我们爱自己胜过爱查拉图斯特拉。'你就这样引诱了我，我这条滑溜溜的老鱼，很快就会被你的鱼线钩住！"

这时，从远处的街道上传来了枪声、巨大的喊叫声和嘈杂的战斗声；在宁静的夜晚，这声音听起来既奇怪又愚蠢。当查拉图斯特拉看到年轻同伴们的目光和思绪动如脱兔时，他改变了语调。他的声音突然变得陌生，像这些年轻人初次见他时的声音，是一种并非来自人，而是来自星星或神灵的声音，或者说，是一个人在自己内心听见的隐秘之声，是神在他心中时，他会听到的声音。

朋友们听着，他们带着所有的思绪和感官回到查拉图斯特拉身边，因为他们现在重新认出了这个声音，这个声音曾在他们最初的青春岁月里响起，仿佛来自圣山，又仿佛来自一个不知名的神。

"听我说，孩子们，"他认真地说，关切地转向最小的孩子，"如果你们想听钟声，又何必敲打铁皮？如果你们想吹笛子，就不要把嘴放到酒囊上。朋友们，你们听懂了吗？好好反思吧，好人们，好好反思吧：在那些醉醺醺的时光里，你们都从你们的查拉图斯特拉那里学到了什么？到底是什么？是商贾、市井还是战场上的智慧？我给你们的建议是王道的、文明的、政治的还是商人的？不，你们心里清楚，都不是，我说的是查拉图斯特拉语，我说的是我的语言，我在你们面前像镜子一样敞开自己，让你们从镜子里看到自己。

"你们可曾从我这里'学到过什么'吗？我当过语言

教师或科学教师吗？你们看啊，查拉图斯特拉根本不是什么老师，你们无法向他请教，无法向他学习，无法向他索要大大小小的秘诀。查拉图斯特拉只是一个人，是我，也是你。查拉图斯特拉正是你们在内心深处寻找的那个人，那个真诚的人，那个不被诱惑的人——他又怎会试图诱惑你们呢？查拉图斯特拉见过许多事，吃过许多苦，敲碎过许多坚果，也被许多蛇咬过。

"但他只学会了一件事，只有这一件事是他的智慧，只有这一件事是他的骄傲：他学会了成为查拉图斯特拉——这也正是你们想从他身上学到的，但你们往往缺乏这样做的勇气。你们应该学会做自己，就像我学会了做查拉图斯特拉一样。如果你总是学着做别人，那么到头来什么都不是，只会人云亦云，只会把别人的脸当成自己的脸。因此，朋友们，当查拉图斯特拉对你们说话时，莫要从他的话语中寻求智慧、艺术、秘诀或什么吹笛人的伎俩，而是自己去寻找他！你们可以从石头那里知道什么是坚硬，从鸟儿那里知道什么是歌唱。但从我这里，你们可以知道什么是人，什么是命运。"

他们说着说着就走到了小城的边缘。树木在晚风中沙沙作响，他们一起走了很久。这些年轻人问了查拉图斯特拉许多问题，有时候与他一同大笑，有时候对他感到失望。其中一人将查拉图斯特拉那天晚上对他们说的一些话写了下来，供他的朋友们继续品读。

在他对查拉图斯特拉及其话语的记录中，有这样一段话：

关于命运，查拉图斯特拉如是说：

有一样东西被赋予了人，使他成为神，提醒他自己是神，这样东西，就是"认清命运"。

通过认识到查拉图斯特拉的命运，我于是成为查拉图斯特拉，我于是过着他的生活。只有少数人能够认识到自己的命运，只有少数人能够活出自己的人生。学会生活！学会认清自己的命运。

你们如此抱怨自己民族的命运。但你们所抱怨的命运并不属于我们，它与我们格格不入，与我们为敌，它是外来的异端，是邪恶的偶像，它裹挟着宿命，像毒箭一样从黑暗中射向我们。

如果你们了解命运并非来自偶像，你们最终就会知道世上并无偶像，也没有神祇！正如孩子在女人的子宫里成长一样，命运也在每个人的身体里成长，倘若你们愿意，也可以说："命运在他的精神或灵魂里成长。"都是一回事。

一个女人会与她的孩子融为一体，无条件地爱她的孩子，并认为这世上没有比她的孩子更好的存在了。同理，你们也应该学会爱你们的命运，并认识到，这世上没有比你们的命运更好的东西了。让它成为你们的神，因为你们就是自己的神。

倘若一个人的命运只是来自外部，命运就会像箭矢杀死猎物一样杀死他。但如果命运来自内心，来自最真实的自我，它就会增强他的力量，使他成为神。它让查拉图斯特拉成为查拉图斯特拉——它也会让你成为你自己！

认清命运的人永远不会想要改变命运。想要改变命运是孩子气的，你们会互相扯头发，将对方打得头破血流。想要改变命运是你们那些帝王将相的刻意和努力，是你们自己的努力。你们至今无法改变的命运，尝起来是如此苦涩，你们就认为它是毒药。可如果你们不再试图改变它，而是完全把它当作自己的孩子和自己的心，那它的味道会是多么甘美！每一种痛苦，每一种毒药，每一种死亡，都是一种已经遭受过，却依然陌生的命运。然而，世间的每一件事，每一件美好的、快乐的、创造性的事，都是活出的命运，都是与自我完全融合的命运。

朋友们啊，你们在这场漫长战争之前活得太富有了，你们和你们的父辈们都太富有了，吃得太脑满肠肥了，你们的胃也被撑痛了，你们本该从这些疼痛中认知命运，聆听命运的警示。但是，你们，你们这些幼稚的孩子，却对这份胃痛感到愤怒，挖空心思地推卸，认为是饥饿和匮乏导致了胃痛。于是你们开始征战，为了在地球上获得更多的空间，为了让肚子里有更多的食物。现在，你们两手空空地回了家，于是又开始哀叹，再次感受到各种痛苦和折磨，再次寻找那个带来痛苦的邪恶敌人，并准备向他开枪，即使他是你们的兄弟。

亲爱的朋友们，你们为何不自我反省一下呢？至少这一次，你们对待你们的痛苦，可以多一点敬畏，多一点好奇，多一点阳刚正气，少一点孩子气的恐惧和苦恼，这样不是很好吗？苦痛难道不是命运的声音吗？而当你们理解了命运的声音，苦痛就会变得甜美。难道不是这样吗？

朋友们，我听见你们在大声抱怨你们的人民和国家所遭受的厄运。请原谅我，年轻的朋友们，如果我对这些痛苦还有所怀疑，有所保留，不肯相信的话！你，你，你，还有你们，你们所有人，难道你们只为你们的人民承受痛苦吗？难道你们只为祖国而痛苦吗？这个祖国在哪里，它的头在哪里，它的心在哪里，你们将从哪里开始治疗和照顾它？怎么治？

就在昨天，还有皇帝，还有你们敬畏的那个世界帝国，你们将其奉为神圣，并为之骄傲，然而今天，这一切又去了哪儿呢？你们也知道痛苦不是从皇帝那里来的，因为皇帝已经不存在了，而痛苦依然强烈。你们也都看到了，无关军队，无关舰队，也无关领土或战利品。但是，为什么当你们痛苦的时候，还在谈论祖国，谈论人民，谈论这样一些伟大的、光荣的、值得谈论的东西，而这些东西却总是出人意料地消逝，不复存在？谁是人民？是说话的人，还是听话的人，是随声附和的人，还是在背后吐口水和挥舞棍棒的人？你听到那边的枪声了吗？人民，你们的人民在哪里？他们是在射击，还是在被射击？他们是在进攻还是在被进攻？

看哪，当人们总是需要这样的大词时，就很难理解对方，甚至很难理解自己。如果你，你，还有你，感到痛苦，感到身体或灵魂不舒服，感到恐惧，感觉危险，为什么不，哪怕仅是为了好玩，仅是出于好奇，出于好的、健康的好奇心，换一种方式提出问题呢？你为什么一次都不肯试着寻找那也许就在你内心的痛苦？

曾有一段时间，你们都确信俄国人是你们的敌人，是万恶之源。紧接着是法国人，然后是英国人，然后又是某个人，你们总是执迷不悟，总是以悲惨的闹剧收场。既然你们现在已经看到，把自己内心的痛苦归咎于敌人是得不到治愈的，那你们为何不寻找痛苦的根源呢——在你们自己的内心？也许伤害你们的不是人民，不是祖国，不是世界强权，也不是民主，而是你们自己，是你们的胃或肝脏，是你们体内的肿瘤或癌症。你们一面表现得好像自己完全健康，一面又在因为人民的遭遇而痛苦万分，这也不过是对真相和医生的幼稚恐惧罢了。怎么就不能深入内在呢？难道你们不好奇吗？你们每个人都应该审视一下自己的痛苦，找出痛苦的所在和影响的对象，难道不是一件有趣的事情吗？

也许，事实会证明，你的痛苦有三分之一到一半，甚至远不止一半，其实源于你自身，而非来自外部。你最好洗个冷水澡，或者少喝点酒，或者以其他方式为自己治病，而不是上蹿下跳，试图为祖国治病。我想：你们若真能做到这一点，岂非善哉？岂会没有助益，岂会没有未来，岂会没有化痛苦为善事，化毒害为命运的希望？

可你们却认为，不顾祖国，只顾着自愈是自私自利的行为。朋友们，也许你们的想法并不完全正确！你们为什么不肯相信，假如每一个人都能治好自己，从苦痛中解脱，那我们的祖国肯定会更健康、更繁荣、更昌盛？

"我们该做什么？"你们问我，我也一再问自己。"做"对你们来说意味着很多，意味着一切。这很好，我的朋友们，换句话说，如果你们能从根本上理解什么是"做"，那就更好了！

但是，看看，就连这个问题"我们该做什么？"，就连这个惶恐而幼稚的问题，都让我看到了你们对"做"是多么不了解！

对于你们这些年轻人所谓的"做"，我这个深山老隐士却有不同的命名。我会为"做"发明许多漂亮、滑稽和亲切的名字。我无须将"做"这个词在手间搓揉太久，就能漂亮地将它变成它的反面，因为它就是它的反面！多有趣啊。没错，你的"做"就是我所说的"做"的反面。

朋友们啊，只需听一听这个词："行动"！好好听一听，用它洗洗你的耳朵！行动吧，从未有人先问："我该如何行动？"然后再去行动。行动是好的太阳发出的光芒。如果你不是一个好的太阳，不是一个正确的太阳，不是一个经受过十几层考验的太阳，如果你还是一个惶恐自问"该做什么"的太阳，你就永远不会发出光芒！行动也是"无为"，行动靠的不是设计取巧和挖空心思。好吧，让我来告诉你们什么是行动。但首先，朋友们，请允许我告诉你们，你们所谓的"做"在我看来是什么。这样，我们才能更好地相互理解。

你们所谓的"做"，是你们想要做的，是在寻觅、犹疑和弯弯绕中走向答案的"做"。亲爱的朋友们，这样的"做"是行动的反面，也是行动的宿敌。你们的行动，如果允许我用一个邪恶的词来形容的话，就是懦弱！我看到你们生气了，我已经能看到你们眼中的怒火了，我还挺享受的。不过等等，先听我说完！

因此，朋友们，睁开你们的眼睛吧，像一位老隐士想要向你们展示的那样来看待"行为与苦难"！

行为与苦难，共同构成了我们的生活，它们是一个整体，是合一的。一个孩子受苦，因为他是被创造出来的；他受苦，因为他出生；他受苦，因为他断奶；他受苦，因为他在人生之中处处受苦，直至终亡。然而，一切让他得到赞美或爱戴的美好事物，都仅仅是美好的苦难，是真正的、完整的、活生生的苦难。懂得承受苦难的人不会活得稀里糊涂，他能活出全部的生命！出生是苦，成长是苦，种子承受泥土之苦，树根承受雨水之苦，花蕾承受爆破之苦。

但你们把"做"称为对痛苦的逃避，甚至不愿出生，想要逃离一切苦难！"做"是你们的叫法，也是你们父辈的叫法，当你们在商店和作坊里日夜忙碌时，当你们听到许多锤子的敲击声时，当你们向空中吹出许多烟尘时，你们要明白，我对你们的锤子和烟尘，对你们父辈的锤子和烟尘，没有丝毫敌意。但是，你们竟然把这种活动称为"做"，实在令我发笑！这不是在做事，而只是在逃避痛苦。孤独是令人尴尬的，这就是人们抱团并组成社会的原因。你们认为，倾听内心的声音去活，寻找自己的命运，死于自己的死亡，是尴尬的事情，于是你们跑得远远的，用机器和锤子发出噪声，直到内心的声音越来越远，最终消失。

你们的父辈如此，你们的老师如此，你们自己也是如此。有人要求你们承受苦难，而你们却因此愤愤不平，你们不想承受苦难，只想做事！那你们都做了什么呢？首先，你们在自己的奇怪事业中向噪声之神和麻醉之神献祭，你们手忙脚乱，根本没有时间去感受痛苦，去倾听，去呼吸，去吮吸生命的乳汁，去沐浴天堂的光芒。不，你总是要做，总是要做。当"做"于事无补时，当你们内心的命运不再甜美和成熟，而是变得越来越腐朽和有毒时，你们就会增加"做"的次数，然后开始为自己制造敌人，先是在想象中，然后是在现实中，于是你们参战，于是你们成为战士和英雄！

是的，你们征服了一切，你们忍受了最荒谬的事情，你们勇敢地做出了最伟大的事情。那么现状是什么呢？你们如今可安好？内心是否拥有平静和幸福？命运的滋味尝起来可还甜蜜？哦，不，它的滋味比以往任何时候都要苦涩，这就是为什么你们急于做出新的行动，跑到大街上，暴跳如雷，大喊大叫，选举议员，再次给枪上膛。这一切都是因为你们总在逃避苦难！逃离你们自己，逃离你们的灵魂。

我听到你们的回答。你们问我：你们忍受的难道不是痛苦吗？当你们的兄弟死在你们怀里，当你们的四肢冻僵在泥土里或在医生的手术刀下抽搐，这难道不是痛苦吗？是的，所有这些都是自找的苦难，都带有强求和不耐烦的色彩，是改变命运的意志。就一个仍然在逃避命运，仍然想要改变的英雄而言，这些都是英雄主义的表现。

学会承受苦难是困难的。相较于男人，你会在女人身上发现更多美好的东西。你要向她们学习！当生命的声音响起时，学会倾听！当命运的太阳玩弄你的影子时，学会观察！学会敬畏生命！学会敬畏自己！

通过真正地承受痛苦，一个人能够获得力量和健康。你们看，总是那些活得太过安逸的人突然倒下，莫名其妙地死去，这些人从未学会直面苦难，因此性格也无法变得坚忍。想方设法逃避苦难是孩子气的行为！虽然说我很爱孩子，但我可不会爱那些一辈子只想当孩子，并拒绝成长的人。你们就是这样的，你们用行动来逃避苦难，你们像孩子一样，对痛苦和黑暗怀有原始的恐惧，并且悲哀地逃避。

然而，看看你们这样辛辛苦苦，汲汲营营地干了些什么？还剩下什么？钱没了，你们那种懦弱的勤奋所换来的辉煌也随之消散。你们用一切努力换来的成果在哪里？所谓的伟人、光辉人物、实干家和英雄都去了哪儿？你们的皇帝在哪里？他的继任者是谁？谁又能够胜任那些位置？你们的艺术在哪里？能够为你们的时代正名的作品在哪里？那些伟大而快乐的思想在哪里？唉，你们没有真正地承担苦难，你们经历得太少太少，无法创造出发着光的美好事物！

因为，我的朋友们，善行，光辉灿烂的善行，并非来自行动，并非来自忙碌，并非来自勤奋和锤炼。它孤独地生长在高山上，生长在寂静和危险的山顶上。它生长于苦难之中，而你们必须学会承受苦难。

关于孤独

你们问我，年轻人，关于苦难的教学，关于命运的锻造。你们不知道吗？不，你们总是谈论大众，与人群打交道，只想与他们一起受苦，为他们受苦，你们不知道这一点。我跟你们说的是孤独。

孤独是命运要把人引向自我的道路，孤独是人类最恐惧的道路。所有的恐怖，所有的魑魅魍魉都在那里，那里潜藏着可怕的东西。人们不是常说，所有孤独的人，所有孤独沙漠中的探路者，都误入了歧途，都是邪恶或病态的吗？人们不也常把所有伟大的英雄事迹都说成罪犯的行径吗？因为他们要让自己远离通往英雄之举的道路。

人们也说，查拉图斯特拉是在疯狂中毁灭的。当你听到他们这样说的时候，你难道不羞愧脸红吗？你觉得，似乎成为那些疯子中的一员是更高贵、更值得的事情，但你好像又为自己不敢这样做而感到惭愧？

亲爱的朋友们，我想为你们唱一首关于孤独的歌。没有孤独就没有痛苦，没有孤独就没有英雄主义。但我指的不是美丽的诗人和剧院里的孤独，不是那种像甜美泉水在隐士洞穴里潺潺流淌的孤独！从孩童到成人，仅有一步之遥，仅有一刀之隔。成为孤独的人，成为你自己，远离母亲和父亲，这就是所谓的从孩子到成人的一步，无人能够完全迈出这一步，即使最神圣的隐士和远山中暴躁的熊都会带上一根线，用这根线与父亲和母亲以及所有深爱的温暖亲情及归属紧密相连。朋友们啊，当你们如此热情地谈论人民和祖国时，我看到了你们身上的那根线，于是我微笑了。

当你们的伟人谈到他们的"使命"和责任时，这根线在他们口中久久高悬。你们的伟人，你们的领袖和代言人，从不谈论自己的任务，从不谈论命运面前的责任！他们紧紧抓住一根线，这条线通向母亲，通向一切温暖舒适的事物。当诗人们动情地吟唱童年之纯真快乐时，都会想起这根线。这世上无人能够完全挣脱这根线，除非在死亡中——当他成功地死于自己的死亡时。

大多数人，包括所有来自群居生活的人，都从未品尝过孤独的滋味。他们曾经与父亲和母亲分离，但也只是爬到一个女人身边，然后迅速沉沦在新的家庭温暖和团聚之乐中。他们从不孤独，从不自言自语。当一个孤独的男人与他们擦肩而过，他们就像躲避瘟疫一样害怕他，憎恶他，向他扔石头，直到离他远远的，才能心安。孤独男人周身弥漫着星辰的气息和星空的寒冷，因为啊，他身上缺少家的温馨，缺少温床的舒适。

查拉图斯特拉身上就有这种星空的气味和邪恶的寒冷。查拉图斯特拉已经走过了漫长的孤独之路，他坐在苦难的学校里，目睹了命运的锻造，并被锻造于其中。

啊，朋友们，我不知道我究竟是否应该告诉你们更多关于孤独的事情。我想引诱你们走这条路，我想为你们唱一曲冰冷的太空欢歌。但我知道，很少人能够不被伤害地通过这条路。亲爱的朋友们，没有母亲的生活是糟糕的，没有故乡的生活是糟糕的，没有祖国的生活是糟糕的，没有人民的生活是糟糕的，没有荣耀的生活是糟糕的，没有甜蜜的集体生活也是糟糕的。在酷寒中生活是如此艰难，那些一开始便走这条路的人多已消亡。一个人要想品味孤独，面对自己的命运，就必须对消亡无动于衷。与一个人同行，与一群人同行，哪怕历经苦难，也是更轻松、更甜蜜的。沉浸到每一天必须完成的"任务"中去，也是更轻松、更舒心的。看看那些人走在拥挤的街道上是多么惬意！虽然枪声四起，充满危险，但每个人都宁愿和别人挤在一起，沉浸在人群中，而不愿在寒冷的黑夜里踽踽独行。

但我怎能诱惑你们，年轻人！孤独是无法选择的，就像命运无法选择一样。当我们内心拥有吸引命运的魔法石时，孤独就会降临。那么多人选择走进荒漠，却在美丽的泉水边，在漂亮的隐庐里过着随波逐流的生活。而另一些人却选择站在茫茫人海里，带着遗世独立的星辰气息。

但是我还是要说，找到自己这份孤独的人是有福的，他的孤独不是被描绘和谱写的，而是属于他自己的，是为他个人准备的独一无二的孤独。懂得承受苦难的人有福了！心中装着魔法石的人有福了！命运属于他，行动来自他。

斯巴达克斯

你想知道我对那些自称"斯巴达克斯"的人的看法吗？

现如今有许多人强烈地渴望你们的祖国变好，并且努力地创造未来，其中那些暴力反抗的奴隶仍然是最让我高兴的。这些人是多么坚定，他们选择的道路是多么短而直，他们是多么明白如何勇往直前！说真的，如果你们的国民除其他才能之外，还拥有这种力量的一小部分，哪怕很小的一部分，你们的祖国就能得救。

当然，祖国并不会被这些斯巴达克斯人摧毁。这些人拥有这个名字，难道不奇怪吗？这些不学无术重拳出击的野蛮人，那样蔑视拉丁文和教养，却被他们的某位先驱贴上了一个充满历史和学术气息的名字！而他们从遥远时空捞到的这个名字，难道不也意味着命运吗？

因为这个新名字，这个如此古老的名字，有一点好处，就是它让知情者想起了时代的转折点和厄运成熟的时机。正如那个古老世界最终走到尽头一样，我们这个世界也必须走到尽头，这正是这个名字要表达的，况且它也没说错。这个世界必须灭亡，连同与我们相连的所有美和所有爱。但是，真的是斯巴达克斯毁灭了旧世界吗？难道不是拿撒勒的耶稣，不是野蛮人，不是金发的雇佣兵洪流？不，斯巴达克斯是优秀的历史英雄，他们勇敢地挣脱枷锁，他们善于挥舞刀枪，但他们却未能将奴隶变成人，他们只是作为杀手参与了那个时代男性的堕落。

不过，莫要鄙视这些有着粗陋拳头和校长名号的人！他们早有准备，他们早已感知命运，他们不抗拒堕落！请尊重这些意志坚定的人身上所蕴含的精神！难道你们没有亲身经历过吗？绝望不是英雄主义，但绝望总好过小市民的无趣的懦弱，因为小市民只有在看到自己钱包受到威胁时才会诉诸英雄主义！

我们都知道他们所谓的英雄主义是什么，那是一个古老的，太古老的，甚至有点滑稽的配方，来自尘封已久的炼金作坊。不要管他们说了什么！但要注意他们的所作所为！这些人确实有能力，因为他们几乎快要实现自己的命运，尽管是在一条不光彩的小路上。你们拥有比他们更多、更高的可能性。你们仍然处于道路的起点，而他们已经走到了尽头。他们在雄辩这方面比你们更高明，朋友们，就像所有准备灭亡的人都比犹豫不决、畏缩不前的人高明一样。

祖国与敌人

朋友们，对于祖国的灭亡，你们哀叹得太多了！如果任由它悄无声息，不带一声哀号地灭亡，不是更能体现尊严和英雄气概吗？但它真的灭亡了吗？"祖国"在你们心中，是否还意味着你们的钱财和你们的船舰？你们的皇帝？你们曾经拥有的华丽歌剧？

如果在你们心中，祖国意味着对人民至高无上的爱，意味着这里的人民能够让世界更富足、更幸福，那你们又何苦谈论什么衰落和毁灭？你们正在失去很多东西，无论是金钱还是领土，无论是船舰还是世界影响力。如果你们不能忍受这些，那就去吧，去亲手杀死自己吧，记得要死在帝国纪念碑的脚下，我会为你们唱一首哀歌。

但是，不要站在那里悲哀地乞求世界历史的怜悯，你们刚刚唱响了德国人的天性之歌，世界也将因此而愈合。现在，不要像受罚的小学生一样站在路边乞求路人的怜悯！如果你们无法忍受贫穷，那就去死吧！如果你们不能在没有皇帝和常胜将军的情况下管理自己，那就让陌生人来管理你们吧！但我请求你们，不要彻底忘记耻辱！

你们喊道：敌人难道不残忍吗？他们的胜利是多重优势的碾轧，难道他们不残忍、不卑鄙吗？他们不是口口声声主张正义，却又反过来施暴吗？他们不是一边书写正义，一边又掠夺和抢劫吗？

你们说得对。我当然不会为你们的敌人辩护，我并不爱他们。他们和你们一样，成功时卑鄙无耻，充满诡计和借口。但是，朋友们啊，人性不是一直如此吗？难道我们的职责就是一直大声哀叹，一直执着于不可改变的事实吗？

在我看来，我们的任务是，要么像男子汉一样灭亡，要么像男子汉一样继续生活，但不可像孩子一样哭泣。我们的任务是认清自己的命运，把众人的苦难变成自己的苦难，化苦为甜，在苦难中变得成熟。我们的目标不是尽快变得伟大、富有和强大，不是再次拥有船舰和军队。我们的目标不是孩子气的疯狂——难道我们还没有看透战船、军队、权力和金钱吗？难道我们就好了伤疤忘了痛吗？

德国的青年们啊，我们的目标不是被命名、被编号。我们的目标，正如每个人的目标一样，是与命运融为一体。无论我们是伟大还是渺小，富有还是贫穷，令人畏惧还是遭人耻笑，这些通通不重要。让士兵委员会和精神工作者去谈论这些话题吧！倘若你们尚未在战争和苦难中真正认识到自己，倘若你们尚未成为顶天立地的人，倘若你们还想继续改变命运，逃避苦难，蔑视成熟，那就沉沦吧！

但你们理解我，我从你们的眼神中看得出来。你们从那个邪恶的山中老人的苦心劝诫中获得了安慰。你们可还记得他对你们说的关于苦难、命运和孤独的话？难道你们还未从你们所遭受的苦难中感受到一丝孤独吗？你们的耳朵难道没有变得更容易接受命运的微响吗？你们难道没有察觉到痛苦带来的硕果吗？而你们的苦难也意味着光荣，以及对崇高的呼唤！

如今，你们面对着无穷无尽的可能，先不要设定目标！即使命运已经将你们曾经有过的美好愿景都打碎，也不要把自己交给目标！我希望你们不要愧对上帝对你们说过的话！你们要看到自己的优秀，明白自己是被召唤、被选中的！但不是为了这样那样的理由，不是为了世界权力或贸易，不是为了民主或社会主义而被选中！你们被选中是为了在苦难中成为自己，在痛苦中重新获得曾经失去的呼吸和心跳。你们被选中，是为了去呼吸星辰的气息，是为了从孩童变成男人。

别再唉声叹气了，年轻人！不要像孩子告别母亲和甜面包那样掉眼泪！要学会吃苦面包，吃男人的面包，吃命运的面包！

看哪，"祖国"将重新出现在你们面前，你们最优秀的祖先曾经感受到它，热爱着它。届时，你们将从孤独中解脱，回归到不再是马厩和温床的人类社群里，回到一个无疆界的王国中，回到你们祖先所说的"上帝的王国"里。即使你们的国土变小，但每一种美德都会有它的容身之所，即使你们不再有将士，但每种勇气都会有用武之地！

说真的，当查拉图斯特拉不得不这样安慰你们这些孩子时,他又开始发笑了!

世界的进步

当你们年轻人说出某个词,我听着会有点烦——如果它没能让我发笑的话!这个词就是"改善世界"。你们喜欢在你们的俱乐部和聚会中念叨它,你们的皇帝和你们所有的先知都特别热衷于念叨它,"改善世界"之歌的韵脚是德意志的精华和复兴。

朋友们,我们应该学会停止评判这世界的好与坏,我们应该摒弃这些"改善世界"的胡思乱想。

我们常常因为睡得不好或吃得太多而痛骂这个世界,也常常因为亲吻了一个女孩而开怀地祝福这个世界。

这个世界不是用来改善的,你们也并非为了被改善而存在。你们在那里就是为了做自己。你们的存在就是为了让世界因你们的声音、语调和身影而变得更加丰盈。其实,你们只要做好自己,世界就会变得更加丰富而美丽啊!而当你不做你自己时,你就是一个骗子和懦夫,这世界就会因此贫瘠，在你眼里就成了"亟待改善"。

此时此刻，在这个陌生的时代，"改善世界"再次高歌猛进，疯狂呐喊。它听起来有多邪恶就有多醉人，你们难道听不出来吗？这歌声缺少温柔和快乐，缺少聪明和睿智！这首歌就像一个画框，你可以把它装在任何一幅画上。它可以装在皇帝和舒茨曼的周围，可以装在德国的名教授和查拉图斯特拉的老朋友周围！这首没品位的歌适合民主和社会，适合国际联盟和世界和平，适合废除民族主义和新民族主义。

这首歌是由你们的敌人唱给你们听的，在合唱中，一个人唱着反对另一个人的歌，一个人想要用歌声杀死另一个人。难道你们没有意识到，人们无论在哪里唱出这首歌，拳头都在口袋里紧握着，都是为了自身的利益和自私。当然，高尚者的自私，是为了提升和强化自我，但这些低级的自私，仅仅是为了钱财和金库、虚荣和自负。当人开始为自己的自私自利感到羞耻时，他就开始谈论"改善世界"，并懦弱地躲在这些字眼后面。

朋友们，我不知道这个世界是否曾经得到过改善，它是否一直都是这么好，这么坏。我不知道，我不是哲学家，我在这方面的好奇心太少了。但我知道：如果世界曾因人而进步，因人而富足，那么，它不是因进步者而进步，而是因那些真正"自私"的人而进步。那些真正自私而自我的人，他们没有目标，没有目的，对他们来说，好好生活和做自己就够了。他们经常承受痛苦，但他们也喜欢承受痛苦。他们喜欢生病，如果生病是他们应该承受的，是他们自己求来的疾病。他们喜欢死，如果这样的死是属于他们自己的死，是他们求来的死。

通过这些，世界也许偶尔得到了改善，就像一朵小云，一点褐色的影子，一只敏捷飞翔的小鸟改善了一个秋日那样。与其说这个世界需要更多的改善，倒不如说需要一些人时不时在其中行走——不是牛群，不是羊群，而是一些人，一些稀有的人，他们让我们快乐，就像海边的鸟儿和树木让我们快乐，仅仅因为他们的存在，因为他们的存在。年轻人，如果你们想成为有抱负的人，就要渴求这份荣誉！但这是危险的，它会导致孤独，也很容易让你们付出生命的代价。

德国人

难道你们从未想过：德国人如此被嫌恶，如此被痛恨，如此被忌惮，如此被躲避，这又是为什么？德国带着军事实力和美好愿景开始了这场战争，而在这场战争中，那些国家一个接一个地，以不可阻挡之势投向了你们的敌人，背弃了你们，证明你们是错误的，难道你们不觉得奇怪吗？

是的，你们注意到了，且深感不满。同时也为如此被抛弃，如此被孤立，如此被误解而自豪。但是听着，你们并未被误解！是你们自己不明白，是你们自己犯了错误。

你们这些年轻的德国人总爱夸耀自己所不具备的美德，最痛恨的是你们的敌人从你们身上学到的恶习。你们总是谈论"德意志"的美德，你们几乎认为忠诚和其他美德都是你们的皇帝或人民的发明。但你们并不忠诚，你们不忠实，尤其对自己不忠实，而这正是你们招世人憎恨的原因。你们说：不，就是我们的钱，就是我们的成功！也许敌人和你们这些小气鬼有着一样的算盘，但原因总比我们所想的要深一些，甚至比某些肤浅且急功近利的制造商的看法要深一些。你觉得，是你们的敌人嫉妒你们的富有！但是，也有一些成功并不会引起嫉妒，反而会让世界为之欢呼。为什么你们从来没有这样的成功，为什么总是别人成功？

因为你们对自己不忠。你们扮演了不属于自己的角色。在你们的皇帝和理查德·瓦格纳的帮助下，你们把"德意志美德"变成了一个歌剧体系，除了你们自己，世上无人会认真对待这个体系。在歌剧般的华丽外表下，你们任由自己阴暗，任由奴性生长，任由大男子主义的本能肆虐。你们总是把上帝挂在嘴边，把手放在钱包上。你们总在谈论秩序、美德和组织，可心里想的却是赚钱。你们背叛了自己，正是因为你们总以为在敌人身上看到了同样的花招儿！听着，你们常说，听听他们是如何谈论美德和正义的，看看他们真正的意思是什么！当英国人或美国人发表高谈阔论时，你们会躲闪地看着对方的眼睛，因为你们知道这些高谈阔论背后隐藏着什么。若非发自内心，你们怎会知晓得如此清楚？

你们只会骂我伤害了你们！你们根本不习惯受伤害，你们太习惯于彼此同意了。没错，敌人确实为非作歹，口出恶言，释放不怀好意的冲动，但我告诉你们：如果你们想站在生命这一边，想留在这个世界上，就必须能够承受痛苦。世界是冰冷的，它不是一个暖融融的温床，让人在舒适温暖中度过永恒的童年。世界是残酷的，它变幻莫测，它只爱那些坚强且有本事的人，它爱那些忠于自我的人。其他的一切都只有昙花一现的成功，比如自德国在精神上衰落以来，你们的生意和商贸组织所取得的那种成功！它们都去哪儿了？不过，或许目前正是你们的时机，或许眼下的危机已经大到足以使你们的意志变强——不是为了新的造作，不是为了又一次逃避生命的神秘意义，而是为了真正的气概，为了真理，为了对自己的信念和忠诚。

朋友们，在我所有的刻薄与责备中，有一点是不容置疑的：我爱你们，我对你们有着某种信任，我预感到了你们的未来。相信我，我这个老隐士和天气预报员，是有一个久经考验的好鼻子的。没错，我相信你们，相信你们身上的某些东西，相信德国人身上的某些东西，我对他们怀有一种古老而深沉的爱。虽然我所相信的这些东西尚未显现，但我依然相信一种未来，相信各种可能性，相信在乌云后闪着诱人光亮的可能性。你们现在依然是孩子气的，做着种种幼稚之事，因为你们还在背着这漫长的童年到处乱走。哦，愿这童年有朝一日变为成熟！愿这种轻信有朝一日变为信任，愿这种温柔变成善良，愿这种古怪而敏感的性格变成真正的气概！

你们是这世上最虔诚的人。但你们用虔诚为自己创造了什么神呢？皇帝和军士！可惜啊，如今又有新的世界宠儿来取代他们的位置。

愿你们学会寻找自己内心的神！但愿有一天，你们能像敬畏王公贵族和权威旗帜一样，对生命的秘密和内心的未来充满敬畏！但愿有一天，你们的虔诚不再是匍匐在地，而是站着，顶天立地地站着！

你们和你们的人民

朋友们，你们仍然对我怀有疑虑和偏见，我知道你们讨厌我什么，忌惮我什么：你们所害怕的"魔笛手"查拉图斯特拉引诱你们离开你们的人民，而你们是爱他们的，将他们奉为神圣的！难道不是这样吗？我猜得对吗？

你们的老师和你们的书中有两种教导：一种教导说人民即一切，而个人什么也不是；另一种则把这句话颠倒过来。

查拉图斯特拉从未当过老师，你们所遵循的教导对他来说最多只是笑料。亲爱的朋友们，实际上你们并没有选择成为人民还是个人的权利！就像树木不会长到天上，这一点已经得到了很清楚的阐释！并不是说一个人在书中读到了孤独的天堂，男子汉的天堂，就可以决定选择它的！

但是，如果我问你们：年轻人，你们的人民究竟在渴望什么？他们到底需要什么？你们会说：我们的人民需要的是行动，我们的人民需要的是不只会说，还会做的人！

好吧，朋友们，无论你们是为了自己还是为了你们的人民，都不要忘记行动从何而来，就像闪电从云中蹿出一样，行动来自清晨般的冷静，来自开朗的个性和顽强的精神。可这些精神又是从何而来？你们已经忘记了吗？你们还能记起吗?

朋友们,每个国家、每个民族需要的都是那些学会了做自己,并认清自身命运的人。只有他们才有希望成为自己民族的命运,只有他们才不会满足于演讲和法令,不满足于种种令人生畏的、不负责任的官僚作风,只有他们才有真正的勇气和豪情,才有良好的、健康的、愉快的情绪,而这些情绪正是行动的源泉。

你们德国人比任何其他民族都更习惯于服从。你们的人民服从得如此轻易,如此高兴和快乐,他们每走一步都会感到满足,因为他们完成了一条诫命,遵守了一项规定。你们的美丽土地上密密麻麻布满了律法的石碑,尤其是禁令的石碑。当他们经过如此漫长的停顿和疲惫的等待之后,再次听到人的声音,又该如何服从呢?倘若他们再次听到的不是法令和规章,而是力量和信念的声音呢?倘若他们再一次看到的不是最亲切的命令和最顺从的执行,而是从他们父亲的头顶上茁壮欢快地涌现出来的、希腊众神般明亮而刚健的行动?

朋友们,请时时记住这一点,不要忘了你们的人民渴望和希求的是什么！不要忘记，行动和气概从来不是从书里长出来的，也不是从群众演说中长出来的。它们生长在高高的山上，而通往它的道路必然要通过苦难和孤独，通过欣然接受的苦难，通过自愿承受的孤独。

我要向所有群众演说家呼吁：不要太着急！人们从四面八方催促你们："快！快跑！马上做决定！世界在燃烧！祖国危在旦夕！"但请相信我：只要你们慢慢来，只要你们执行你们的意志、你们的命运、你们的行动，让它们成熟起来，祖国就不会遭受危机！一如服从的喜悦，敏捷也是德国人的伪美德之一。

孩子们，不要这样垂头丧气！别让老查拉图斯特拉发笑！

你们出生在一个新鲜、狂暴、骚动的时代，这难道不是一种不幸吗？这难道不是你们的幸运吗？

告别

现在，朋友们，我要向你们告别。你们已经知道，当查拉图斯特拉向他的听众告别时,他不会要求他们继续效忠于他,继续做他的听话门徒。

你们不应该崇拜查拉图斯特拉,你们不应该模仿查拉图斯特拉,你们不应该妄想成为查拉图斯特拉!你们每个人心中都有一个隐藏的真理,还沉睡在童年的深处,就让它复活吧!你们每个人心中都有一种呼唤、一种意志和一种天性,一种向着未来、向着新生与上升的呼唤。就让它成熟吧,就让它消逝吧,把握好当下!你们的未来不在于汲汲营营,不在于金钱或权力,不在于聪明或商业上的成功。你们未来的道路充满艰难险阻,你们要变得成熟,在自己身上找到神明。德国的青年们啊,没有什么比这更困难的了。你们一直在寻找神,却从未在自己的内心深处寻找过。神无处不在。实际上,除了你们内心的神,别无其他。

朋友们,如果哪天我回来了,我们要谈谈别的事情,谈谈更美好、更快乐的事情。我希望到时候,我们可以坐在一起聊天,或者像男人一样并肩行走,你足够强健,我也足够强健,我们每个人都充分相信自己,相信世间的一切，相信幸运会眷顾那些坚强、有种的人。

现在，去和那些高谈阔论的人一起重游你们的小巷吧，忘掉那个山中客跟你们讲的话吧。查拉图斯特拉从来不是个智者，他一直是个小丑和任性的流浪者。

不要让任何演讲者或老师在你耳边聒噪，随他怎么说。在你们每个人的心中，只有一只鸟，你们自己的鸟，只有你们自己才能倾听的鸟。

临别之际，我要对你们说：好好倾听这只鸟儿的歌声吧！好好倾听来自你们心底的声音吧！倘若这个声音沉默不语，你就知道是出了问题，是有什么不对劲，是你走错了路。

但是，如果你们的鸟儿在歌唱，在说话，哦，那就跟随它，跟随它进入每一个诱惑，甚至进入最遥远、最冷酷的孤独，进入最黑暗的命运！

1919 年创作，后收录于
《查拉图斯特拉的重临及更多反对极端主义的文章》

里尔克

里尔克去世时,德国诗歌界的一颗星星沉没了,它是这个时代阴霾天空中为数不多的几颗星星之一。

如今,他的《里尔克文集》已经出版,读者在第一次翻看这本文集时,会悲欣交集地感觉到,里尔克的灵魂归来了,带着喜悦和忧郁;他翻开一卷又一卷,发现这位他认识、热爱和陪伴了几十年的诗人所经历的每个人生发展阶段,竟与自己的人生发展阶段有着诸多重合,以至于都分不清,究竟是里尔克,还是自己。

对于那些长期阅读里尔克作品的人来说,里尔克是变幻莫测的,似乎经常会褪去一层皮,有时甚至还会掩饰自己。如今,这部全集却展现出一幅令人惊讶的统一图景;

实际上，诗人对自我本性的忠诚度远远超过了我们曾经所说的易变性或多变性。

我们一卷又一卷地翻阅，吟诵着那些心爱诗篇的开头，试图重新找回每个人最爱的诗行，并再度迷失在这些明亮又浩瀚的森林中。在每一卷中，我们都能找到不朽的、久经考验的诗作，即使在最早的尝试性诗作中，亦能找到经典的作品，其数量并不亚于后来的文集。在第一卷中，我们再次找回了三十年前曾让我们深深陶醉的美妙声音，那些安静、朴实的诗句，那些充满了惊奇与羞涩的灵魂诗句，比如：

> 我是如此地感动，我是如此地……
> 我是如此被波希米亚人的方式所打动
> 它悄悄爬进我心
> 让它变得沉重

以及《降临之歌》。在第二卷《图画之书》中，我们回忆起这本书曾留给我们的深刻启发与形式力量，并再度爱上我们和我们的情人们从前最爱的《时间之书》。在第三卷，也就是最后一卷诗歌中，通过《杜伊诺哀歌》，古典式的虔诚达到了高潮。

多么令人惊奇啊，这条诗歌之路从波希米亚民歌般的青春之声走向俄耳甫斯；多令人惊奇啊，这位诗人从最简单的逻辑开始，随着语言的增长和对形式的掌握，越来越深地陷入问题之中！而在每一个阶段，他都创造了奇迹，他那多愁善感的主人公，陶醉于世界的乐音之中，自身就像喷泉碗一样，既是乐器，又是耳朵。

接下来的两卷是散文集，其中包括深受喜爱、令人难忘的《马尔特手记》：想一想，这部《马尔特手记》已经问世近二十年，并非无人问津，却一直躲在被人遗忘的角落，而在此期间，散文诗界却涌现出几十部成功之作，可惜它们都如昙花一现，迅速绽放又迅速凋零！与之形成对比的是，时至今日，里尔克的《马尔特手记》依旧鲜妍如初。

文集的最后一卷充满了译文，此篇中，这位诗人的一切伟大优点再度绽放：对形式的精通，凭直觉做出的精准选择，以及为达成最终理解所付出的忠诚努力。其中不乏瑰宝，如对盖朗的《肯陶尔》、安德烈·纪德的《浪子回头》和保罗·瓦雷里诗歌的翻译，让人不禁联想到诗人对巴黎和法语的热爱，以及他对德语之衰落废弛所感到的痛心，这一点甚至诱使他在晚年积极追求自己所钟爱的语言并创作法语诗歌。

岛屿出版社实实在在付出了努力，这六卷诗集是值得纪念的精美作品。以后的版本或许会有一些增补，或许还会更清晰地标明作品的时间顺序，这些都值得期待。当然，从本质上来说，这一版本已堪称完美。

1928年发表于柏林《新观察》

评弗朗茨·卡夫卡

《故事和短篇散文文集》第一卷

世界大战期间，出版商库尔特·沃尔夫发行了一系列廉价的小册子，其中收录了表现主义兴起时期的一批年轻作家的作品，尽管其中一些作家和作品早已消亡，被世人遗忘，但与当今的德语文学相比，那时的德语作品依然显得非常活泼、年轻。

我还记得，大概1915年底或1916年初的样子，我开始阅读那本名叫《最年轻的一日》作品集，其中有一篇《变形记》，作者是当时还未出名的弗朗茨·卡夫卡，我一次次地翻开扉页，拼读作者的名字，因为我认为这个如梦似幻、流丽诡谲的故事是一个非常好的故事。在我看来，这个奇幻、可怕而美丽的故事是用一种非常特殊的、童话般的、罕见的材料编织而成的，是一个由游戏和血淋淋的严肃，由梦境和最深刻的意义所编织成的蜘蛛网，尽管这个闻所未闻的故事中的一些东西在当时激怒了我，甚至让我感到厌恶，但我还是被它迷住了，从此无法忘记。

这位布拉格诗人弗朗茨·卡夫卡在发表作品时极为谨慎和小心，他生前只发表了自己一生积累的大量作品中的一小部分。在他死后，他的朋友马克斯·布罗德发现了一份遗嘱，卡夫卡在遗嘱中要求销毁他的全部文学遗产。其中包括闻名于当今世界的小说和小说片段《审判》《城堡》《美国》。经过长期的心理斗争，马克斯·布罗德终于决定违反卡夫卡的遗嘱，陆续出版了其中的大部分遗产，我们因此而感激他。

然而，诗人英年早逝后的十一年，他的作品一直都没有一个令人满意的、统一的完整版本。现在，它终于问世了，而且第一卷在各个方面都满足了我们的期望。眼下正是收获的时候：这一卷收录了卡夫卡本人生前发表的所有作品，有评论和小说，包括代表作《审判》《变形记》《在流放地》《饥饿艺术家》，以及新收录的三篇散文。接下来还将出版五卷。编辑们的工作是细致而周密的，出版商肖肯巧妙而有品位地将这些材料收纳在一个精致的小八开本中，即便是挑剔的图书爱好者也会对此感到满意。如今我们总算如愿以偿，这位杰出作家的全部作品终将以值得一读的形式呈现在我们面前。

这些作品常常令人不安，也常常令人振奋，它们不仅作为罕见的精神文献，表达出我们这个时代最深刻的问题和疑点，而且作为作品，作为用想象创造象征的成果，具有极高的艺术修为，且具有原创的、真实的语言力量，必定能从我们这个时代传承下去，甚至包括他作品中那些可能被视为怪诞、夸张，甚至病态的内容。卡夫卡的语言与创作之力，让他孤独幻想中的所有的道路都被施以美的魔力和形式的优雅，即使疑虑深重，即使一重重问题纠缠。

卡夫卡是犹太人，毫无疑问，他自觉或不自觉地继承了布拉格和整个东方犹太教的大量传统、思想和语言习惯，他的宗教信仰具有明显的犹太特征。但他有意接受的教育似乎更多地受到基督教和西方势力的影响，而非犹太教的影响，他特别推崇的可能不是《摩西五经》和《塔木德经》，而是帕斯卡尔和克尔凯郭尔。除克尔凯郭尔式的生存问题之外，其他任何问题都无法像"理解的问题"那样持续而深刻地困扰他，使他痛苦，并使他富有创造性。他是一位彻头彻尾的悲剧诗人，他的所有悲剧都是"不理解"的悲剧，是人与人、人与社会、人与上帝之间产生误解的悲剧。在第一卷中，短篇散文《在法律面前》也许最集中地展示了这一问题和悲剧，值得读者花上几天来思考。另外两部小说《审判》和《城堡》也编织了同样的线索。

在我们这个撕裂与苦难遍布的时代的见证者中，在克尔凯郭尔和尼采的后辈中，这位布拉格诗人的惊世之作将永垂不朽：他有沉思和感知痛苦的天赋，他对他所处时代的所有问题都持开放态度，而且常常是预言性的开放。作为众神的宠儿，他在他的艺术中拥有一把神奇的钥匙，这把钥匙不仅为我们打开了困惑和悲惨的幻象,还为我们带来了美丽和慰藉。

1935年发表于巴塞尔《国家报》

评《卡夫卡全集》

在期待已久的六卷本《卡夫卡全集》中,刚刚出版的第一卷收录了诗人生前公开发表的所有作品。换句话说,卡夫卡(1924年逝世)只有六分之一的作品是他允许出版并见证发表的!在这些被卡夫卡下令销毁的作品中,有两部是近二十年来在德国最有影响的小说,也因为迟迟没有出版而成为人们讨论最多的作品:长篇小说《城堡》和《审判》。卡夫卡下令销毁这些作品,但他的朋友马克斯·布罗德无法下决定去执行这一残酷的命令。相反,他逐步出版了他朋友的遗作,凭借这些未经授权的版本,卡夫卡成为近代德语文学中最引人注目的现象之一。

如今，在诗人逝世十一年后，终于出版了完整全集。应该说，已经出版的第一卷满足了我们对编辑和出版商的殷切期望。这本书既美观又易翻阅，让人对接下来要出版的几卷充满了期待，而编辑们也清楚地意识到自己的职责所在。我们可以毫无保留地期待这一套书。

如果有人问，诗人在去世前为何会下定决心，狠心抛弃自己曾满怀谨慎与爱意创作的文字，答案不难找到：卡夫卡属于他那个时代的孤独者和问题发现者，属于那些时常发现自己的存在、精神和信仰是如此可疑的人。在这个不再属于他们的世界的边缘，这些存在者凝视着虚空，感知着上帝的神秘，但有时又深深地被自身存在的可质疑性和不可容忍性所渗透，甚至可以说是对整个人类存在的不信任。从这种怀疑到彻底的自我谴责只有一小步之遥，患病的作家在对自己的作品宣判死刑时，正是迈出了这一步。

我们毫不怀疑，会有很多人同意这一判决，并认为人类应该远离这种离经叛道、问题重重的精神创作，但在这里，我们同意这位朋友和执行人的观点，他挽救了这部美妙的作品，尽管它是如此脆弱可疑。

倘若世上没有卡夫卡这样的人,没有产生这种存在和这种作品的时代和条件,也许会更好。但是,如果卡夫卡的作品真的被毁掉了,那么许多出于教育需要而阅读这部作品的读者,就看不到那个时代的深渊了。而对绝望视而不见的人是不会有未来的。将隐藏的深渊形象化并让人们意识到这一点,是文学的任务之一。卡夫卡不仅仅是一个绝望的人,他当然经常绝望,就像他在那个时代所认识的帕斯卡尔或克尔凯郭尔一样,但他并不怀疑上帝,也不怀疑最高的现实,他只怀疑自己,只怀疑人与上帝(他有时用这个称呼),与"法则"之间建立真正的、有意义的关系的能力。

他的所有作品都与这一点有关,其中最伟大的是小说《城堡》。在那里,一心想为统治者服务并融入其中的人,却总是徒劳地努力寻求统治者的聆听,他知道自己是为统治者服务的,但他却从未意识到这一点。这个可怕故事的叙述是悲剧性的,正如卡夫卡的所有创作都是悲剧性的一样。仆人一直找不到他的主人,他的生活总归是没有意义的。但我们无处不在、无时无刻不感受到,找到意义的可能性是存在的,恩典和救赎就在某个地方等着,只是童话中的主人公未能抵达它,他不成熟,他太努力了,他一而再,再而三地阻挡自己的道路。

在通常的教化文学中,一位"虔诚"的诗人会让可怜的人类寻找自己的道路,或许他会让人们和他一起挣扎一段时间,受难一段时间,最后陪伴人们抵达目的地,再目送人们跨过那道大门。但是卡夫卡没有带我们走这条路,恰恰相反,他把我们带入困惑和绝望的深渊之中。当今的作家之中也有这样的,比如朱利安·格林。

这位想丢弃自己作品的追寻者和绝望者,是一位极具潜力的作家,他创造了自己的语言,一个由象征和比喻组成的世界,他用这种语言说出了人类未能说出的话。单单是他的艺术性就足以让我们喜爱他、敬重他了。他的许多短篇小说和寓言都有一种视觉上的密度,一种纠缠的魔力,一种让我们暂时忘却其忧郁的优雅。幸运的是,这些作品都流传下来了。

1935年发表于巴塞尔《国家报》

评《城堡》

精美的卡夫卡作品全集第三卷现在终于出版了,其中收录了马克斯·布罗德大约十年前从诗人的遗产中抢救出版的小说《城堡》。在卡夫卡篇幅较长的小说中(三首诗都是片段,但其中两首几乎是完整的,其中包括《城堡》),《城堡》可能是大多数读者的最爱。与可怕的《审判》相比,这部独特小说和伟大童话可以说充满了温暖柔和的色彩,虽然说也充斥着焦虑和问题,但也总有那么一点玩世的优雅。整部作品都在紧张和不确定中微微颤动着,绝望和希望在其中得到了奇妙的平衡。

卡夫卡的所有诗歌都具有高度的范式主义,有时甚至达到了说教的地步;但是,在他最快乐的创作中,结晶般的坚固之物漂浮在如诗如画、变幻莫测的光线中。有时候,他那纯粹、冷峻而严肃的语言会呈现出一种魔力——《城堡》正是这样的作品。卡夫卡在这部作品中讨论了他最关心的问题:我们自身的存在及其起源和原因的可疑性,上帝的隐蔽性,人类对上帝之设想的脆弱性,我们人类试图找到上帝或让上帝找到我们的尝试。然而，在《审判》中坚硬而无情的那种东西，在《城堡》中变得灵活而欢快了。

当十年后的人们审视和筛选1920年前后的创作时，发现受到严重震荡和伤害的一代人的创作充满了问题，它们时而激动，时而狂喜，时而轻浮。同时，十年后的人们也发现，卡夫卡的作品是无数熄灭的灯火中为数不多的幸存者。

1935年发表于巴塞尔《国家报》

评《美国》

卡夫卡作品全集的出版工作进展迅猛，这位已故去十一年的诗人的影响力似乎开始越来越大，而在以前，这种影响仅限于一个狭窄的圈子。卡夫卡的三部小说或小说片段都有一个共同的灵魂主题：当今人类的隔绝与异化，而在这三部描写孤独和寻求救赎的小说中，《美国》是最欢快、最友好、最暗藏和解的一部，他的主人公不是一个男人，而几乎是一个男孩。这部卡夫卡特别钟爱的作品中的一切，都是为了解决不和谐，为了解脱与和解。当然，在这部作品中，也有一些章节让我们呼吸到一种压抑和恐怖的虚幻气氛，主人公也是站在一个危险的、常常充满敌意的、难以理解的、根本不合理的世界之中。甚至在第一章（卡夫卡生前印刷）中，十六岁的主人公本应在纽约登岸，可当他拿着行李箱站在甲板上准备上岸时，却突然发现自己的雨伞落在了舵手室，为了尽快取回雨伞，他先是把行李箱托付给一个陌生人，接着又在大大的船上迷失了方向，误入陌生的房间和陌生的命运，不得不一步步放弃自己的行李箱——这会让人想起那些焦虑的梦境和古斯塔夫·梅林克的《泥人》中的场景。但是，这个在生存困境中独自挣扎的男孩的青春和纯真、善良和仁慈，使得《美国》比卡夫卡的任何其他诗歌都更加明亮、幸福和欢快。我们已经拥有该版本六卷中的四卷，并期待着最后两卷的出版，其中的一些篇章会给我们带来新的发现。

1935 年发表于巴塞尔《国家报》

萨洛蒙·格斯纳

在今人眼里，18世纪是极其丰富多彩的，而从真实的历史来看，也的确如此。18世纪的外表是优雅、高贵而华丽的，充满风格与形式，但它同时也是一个大变革的时代。如今我们可以在那个时代的创作，包括图案、时尚和建筑，以及许多带有鲜明时代烙印的风格和造型中，看到种种美妙的东西，当然这些东西在别的时代也能找到，只要是离我们足够远。18世纪的文化艺术品常常给我们"风格统一"之感，但每个时代的统一风格之后总归是千姿百态的生活。那个时代的艺术品和奢侈品让我们产生了一种错觉，即一种高度一致的生活风格和感受，但实际上它们只代表了那个时代的一小部分生活，它们只是提供了优雅、高贵的外表。如今，我们一提到"18世纪"，就立刻会想起那些优美、俏皮而奢华的风雅物事。这些风雅掩盖了某种事实，即18世纪实际上是一个充满了战斗、衰落和新生的时代。从文学角度来看，这一时期是伏尔泰和歌德之间的时代，新的人性观念在发展，比如《威廉·麦斯特》的世界观就代表了18世纪的目标和成果。从这个角度看，整个18世纪也呈现出一种统一的思想面貌，一条清晰的脉络：人类和人类社会以一种新的方式、新的风格将自己与整个自然界分离开来，并在理性、社会文化和自决的基础上发展出一种新的生活态度。伏尔泰和狄德罗符合这一思路，中间的歌德、席勒也符合这一思路。就这些精神而言，这是确立新的人类理想的问题，是制定新的社区、社会、国家和社会性概念的问题，与此同时，从相反的一极还散发出一种同样活跃的倾向，那就是对大自然的新的感情，这种感情绝不是把人类看作脱离自然的孤儿，而是以泛神论的腔调把人类看作宇宙和自然的一个组成部分，并把人、宇宙和自然紧密地联系在一起。卢梭、克洛普斯托克和青年歌德的大部分思想和情怀都属于这一边。我们在任何地方都能观察到思想的两极在相互作用：一边是对基于理性的道德自觉之向往，一边是对混沌和原始世界的思乡之情；一边是对批判和理性道德的追求，一边是对情感自由、神圣迷狂和返璞归真的渴望。

像那个时代的许多作品，在萨洛蒙·格斯纳的作品中，这两个方向也是相互交叉和交融的。他不是一位创始人和领导者，而是随处可见的音乐家和吟游诗人；他不是思想家，而是狂热者；他不是男人，而是孩子；他不是音乐家，而是作曲家。他写的诗有各种各样的标题，但无一例外都是田园诗；它们的基调与最内在的、决定性的生活态度一致，是一种宁静安详的、臣服于内心的音乐创作，是孤独的牧羊人用他那小小的芦苇笛吹出悠扬的音乐，并深深陶醉其中。他的笛子没有几个孔，也没有复调，但在黄昏时分听来却格外悦耳。

要理解格斯纳的艺术，我们倒也不必扩大对"优雅的18世纪艺术"的狭隘定义。在当时众多漂亮、有品位且迷人的物件和小玩意儿中，温柔的小画扮演着重要角色，比如精致迷人的水彩画，笔触优美、轻盈且自信的风格化素描，构图精美、诗意风流的小雕版画和蚀刻版画。我们时常看到这样的小风景画：温柔的山谷中，泉水从古典的砖石河槽流过，几棵树汇聚成一片怡人的小树林，一位农家女或仙女在往水壶中斟水，或是若有所思、饱含爱欲地凝视着清澈的泉水；一位衣着华丽的女士一边读书，一边等待着她的情人，可以看到她的情人从树干后面的阴影中走出来。如今，在一些瓷器的图案和天真质朴的窗帘上，仍能找到这种艺术的影子，虽然有时候元素发生了置换：湖岸或瀑布代替了泉水；花园、洋房或寺庙代替了树木，或紧挨着树木；一位彬彬有礼的绅士或一位牧神代替了仙女；一只羔羊或一只"丰饶之角"代替了水壶。无论画中元素是什么，整体画面总被调和成大同小异的田园风貌。在这个小小的绘画世界里，我们不仅能感受到对古代生活和自然崇拜的记忆，还能品味到中国山水画的和谐韵味。话说，中国艺术曾在欧洲掀起过收藏热，自从那个奇妙世界的讯息和艺术品传到巴黎，中国山水画的维度和结构就对法式洛可可风格产生了极为强烈的影响。所有这些创作、所有这些蚀刻版画和油画，所有这些泉水和牧羊人，这些姿态优雅的树木群,都有一个共同点,那便是游戏态度和梦幻感,它们散发着舞台剧的魔力,它们的生命受制于歌剧的法则,而非现实的法则。画中的仙女们和恋人们,过着轻盈、优美而天真的生活,无论是在水声潺潺的溪边,还是在忧郁诗性的树冠下,抑或在品位优雅的盥洗室里——这一切都是歌剧,是游戏,是童话和梦境。所有这些精致的创作都不是为了描绘当下的生活,也不是为了探索现实并将其风格化,而是出于对游戏和梦境的渴望;这些创作习惯将生活和侍奉生活当作温柔的催情,就像有情人互赠礼物那般;这些创作尽力摆脱日常生活,因为催生它们的意识和驱动力,本质上都是对现实的逃避。

萨洛蒙·格斯纳也创作了不少这种品位优雅的作品,温柔地诱惑我们做脱离凡尘的美梦。其中有水彩画、素描和版画,在这项艺术上,他并非什么笨拙的业余爱好者,而是那个时代众多民间大师中的一员。除了画画,他还写田园诗,诗与画交相辉映,相互启发。格斯纳这一生的创作都具有相似的烙印,他一生都满足于用同一支牧羊笛,吹奏他那种轻柔的旋律。他总是远离俗世喧闹,憧憬着进入至福的乐园，那里只有牧羊人、晚霞和一种摆脱了时间与愁苦的优雅心境。

今天的人们往往认为，这种将整个生命倾注于小玩意儿和小游戏的做法是"玩物丧志"。在他身后，是那个不严肃、不现实、无忧无虑的歌剧世界。但是，现代人的看法也是短暂易逝的，今日我们以庄严肃穆和神圣信念所追求的种种，我们的子孙后代也一样会报以嘲笑，就像我们嘲笑格斯纳先生和他那美丽的田园诗一样。在格斯纳自己的那个时代，他所做的一切都绝非不明智的或无用的，我们可以看到，那个时代的人需要他、欢迎他，如饥似渴地阅读他的田园诗。聪明而活跃的绅士淑女们以此为乐，在那个嬉游的世界里，他们找到了欢愉和消遣，找到了安慰和陶醉。不过最重要的是，身为画家和诗人的格斯纳也从中找到了乐趣。他从未改变过风格，从未为了生意或利益而追求田园牧歌（尽管他已经意识到可以这么做），不单单是他的作品，他的整个人生都朝着同一个方向，远离斗争和尘嚣，追求田园牧歌，追求怡然自得的宁静、质朴和安详。

萨洛蒙·格斯纳于1730年4月1日出生于苏黎世，他的父亲是一名书商，也是苏黎世大议会的成员。少年萨洛蒙无法用学业上的快速进步和成功取悦父母，他在学校里很不起眼，被认为是一个随和、善良但天赋平平的男孩，似乎发展不出什么特长。也许从那时起，他的灵魂就脱离了现实世界，被那个温柔可爱的诗意世界吸引了过去。不过，无论这种生活态度是好是坏，是无用还是有价值，是一种时尚还是一种疾病——无论如何，他都以一种坚忍的精神忠于这种生活态度，这是他的性格和生活中最令人印象深刻的、最强烈的特征。这个男孩长期被老师漠视，在校懒散，成绩糟糕，让父母伤心，但他坚定不移地追求自己的爱好，追求内心的声音和渴望。当他发现可以用蜡来制作奇妙的人物和动物、男孩和女孩、天鹅和狼、老人和天使、英雄和淑女，他就省下每一个十字币来买蜡。或许从那时起，他一直都是个非常快乐的人，是个怡然自得的人，因为他可以浑然忘我地陶醉于自己的怪癖和爱好中。他无视学校的刻板规定，用舒适柔软且鲜活灵动的蜡来塑造那个包裹着他的游戏世界，就像其他男孩玩打仗游戏或梦想维护世界和平一样。他不为失败所动，不为环境的反差所扰，只是梦游般地走自己的路，不管这条路是否荒唐、软弱或怪异。

他走在这条路上，对世人的看法、老师的责备、同学的嘲笑、父母的抱怨毫不在意，这一点令人感动。他自小就开始写作，但他的文章充满了正字法和语法上的错误，这也使他备受轻视：老师们放弃了他，父母们叹息着做出决定，把这个孩子送到乡下牧师的住处。

正是在那里，年轻的格斯纳遇到了一位给他留下深刻印象的诗人：汉堡诗人巴托尔德·海因里希·布罗克斯。当时，他的诗集《神界的尘世之乐》在那间牧师住宅里广为流传。布罗克斯就像格斯纳一样，在成为那个时代的宠儿之后，又被人遗忘、鄙视和嘲笑，但最近，也就是最近两三年，他的诗又重新崛起，被重新印刷，并再次引起人们的喜爱和惊叹。布罗克斯虔诚而欢乐地歌颂大自然，尤其是大自然中那些细小、可爱、动人的事物，他是鸟儿、黎明与花朵的热爱者和歌颂者，是一位情真意切的诗人，能在绘画和临摹中感受到无穷无尽的快乐。格斯纳虽然个子较小，体质较弱，但在本质特性上与布罗克斯无疑是相通的；在布罗克斯的书里，男孩格斯纳看到了一位诗人，一位有名望的绅士，有着和自己非常相似的爱好，做着自己在捏蜡和初次尝试写作时曾做过的事情。他看到这位诗人布罗克斯怀着一种宁静、虔诚、自我陶醉的极乐，一次次唤醒和回味那些能够带来满足和喜悦的情感，并看到他是如何以这种方式成长为一名艺术家的。我不知道学者们是如何看待布罗克斯对格斯纳的诗歌创作所产生的影响的；我不认为这影响是大的，因为布罗克斯的语言艺术和音乐韵律与格斯纳有着本质的不同，但格斯纳在布罗克斯那里获得的道德影响、鼓励和内心的肯定无疑是巨大的。他看到这场心醉神迷的游戏中诞生了一门艺术，这门艺术令他迷恋和欣喜，也得到了全世界的认可和赞誉。对于这位年轻的艺术家来说，最重要、最鼓舞人心的外部经验莫过于看到自己心里长出的精神萌芽在一位前辈那里开花结果，莫过于看到自己那仍然幼稚的、仅仅出于孤独的情感需要的创作被一位同时代的人提升为艺术。格斯纳通过阅读布罗克斯的作品获得了这种体验。

两年后，年轻人回到了城市，回到了自己的家，但他并未在周围人的期望中取得多大的进步。他缺乏勤奋，缺乏求知的兴趣，缺乏雄心壮志。他不喜欢搞研究，也不被任何职业吸引。他的书商父亲带着他做生意，一年又一年过去，图书生意也无法让这个年轻人快乐起来。和从前一样，他唯一懂的就是一次次偷偷逃离生活和工作，沉浸式地投入写诗和画画的安静活动中。为了给他的人生加把劲，父亲把他送到柏林一家著名的书店当学徒——这是格斯纳人生中唯一一次出远门。

但很快，格斯纳就离开了师父，独自一人在柏林生活。他住在租来的房间里，想干什么就干什么。当他远在苏黎世的父亲扯断了儿子身上唯一的绳子，不再给他寄钱时，儿子果断地迈出了决定性的一步，决定将自己的爱好转变为职业，尝试用自己的才华闯荡世界。他买了一些油画颜料，坚持不懈地画了一段时间，直到客厅里挂满了画。然后，他把这些画拿给一位画家朋友看，画家指出了一些错误以及初学者的毛病，但认为他很有天赋,还鼓励了他。他的父亲显然是个心软的人,无法长期扮演惩罚之神的角色,于是又为儿子安排了新的生活。此时,身在柏林的格斯纳已经在坚定地追求自己的天赋之路,对自己进行画家和诗人的训练。接下来的汉堡之行是他此生最后的旅行,旅行结束后他很快便返回家乡苏黎世,从此过着恬淡安逸的生活。这一年是1775年,直到1788年去世,他都不曾离开过家乡。他也从未向世俗妥协,只是以遵循内心的方式活下去。尽管随着时间的推移,他将绘画变成了赖以生存的职业,却也未被庸俗和商业裹挟,而是忠于自己的品位,尽可能远离都市,隐居在偏远的乡村。后来,他从父亲那里继承了书店,也为自己找到了一位能干的妻子。这位女子为他出谋划策,弥补了他与现实脱节所产生的问题,他就让她经营这家书店。

格斯纳谦逊的诗歌在当时的德国得到了热烈的反响和发自内心的共鸣,这在今天的我们看来可能挺奇怪的。但在当时,细腻敏感的人们在他的诗歌中发现了一种闻所未闻的纯粹,那是今天的我们再也无法感受到的原始力量。

因为在那个年代,歌德的诗歌还没能以经典的方式表达出灵魂深处那种敏感而温柔的情绪,那种远离尘嚣、怡然自得的田园诗意。类似歌德的《月亮之歌》中"不带怨恨地隐世是多么幸福"这种优美至极、温柔至极的意境,如同徜徉在舒伯特美妙音乐中的无限甜蜜,在当时都还无人表现,它仍然是一种朦胧的、不分明的情感,而格斯纳是它最早的、最悠扬的宣扬者之一。

成名后的格斯纳在苏黎世享有盛誉,被选入大大小小的议会,常常接待来自国外的客人,尤其是德国的文人朋友,现在的他似乎属于那个冠冕堂皇的世界,那个他在年轻时一直没能找到位置的世界,但实际上他的生活从未改变,名声和官职只是从外部落到他身上,大多数时候他只是表现为一个被动承受者,而非积极的参与者,他任凭这个世界运转,"没有仇恨",但他也并不属于这个世界。作为诗人,他受人爱戴、声名远播,但他无法靠写作收入维持生活,只能以作画为生。他通过绘画和写诗,通过有好友相伴的简朴乡村生活,通过与圈内所有孩子的亲密友谊,为自己找到了真正的生活。在如今的人看来,这种简朴的田园生活更像是一种软弱和安逸，但这些看法，如前所述，都是很短暂的，我们完全可以把格斯纳想象成一个真正的智者，他在贫与富、入世与出世之间的黄金分割线上，过着心满意足的生活。

戈特弗里德·凯勒在他关于苏黎世的长篇小说《格莱芬塞的法警》中让我们了解了格斯纳在西赫瓦尔德的夏日公寓。凯勒对格斯纳的性格曾做出如下亲切而优美的描述："随着夏天的开始，萨洛蒙·格斯纳接手其同僚位于西赫瓦尔德的官邸并搬了进去。已无从考证他是否真的亲自管理该办公室，但可以肯定的是，他在那所避暑别墅里写作、绘画，并与常来拜访他的朋友们谈笑风生。当时，他的名声已传遍许多国家，他那恬淡可亲的性格和真实不虚的才华，配得上这样的名声：格斯纳的田园诗绝非软弱的、无意义的创作，而是富有时代情怀和艺术格调的小品，唯有英雄方能超越；我们现在几乎不重视这样的作品了，也不知道五十年后的人们会如何评价我们当代人每天创作的一切。无论后世如何评价，当格斯纳坐在他的森林公寓里时，他周围的空气是诗意而艺术的,他那开朗的天赋和无拘无束的幽默,总能激起金色的欣悦之情。"

1788年3月,格斯纳去世,享年五十八岁。他受到了世人的爱戴和哀悼。

至于"他所享有的盛誉是否实至名归",这不是由我们决定的。无论我们如何努力,都不可能在精神上彻底回归到某个时代。而在格斯纳所处的时代,"有教养阶层"的灵魂状态是这样的:格斯纳的诗歌满足了他们内心深处的需求和渴望,表达了成千上万人的感受。因此,他的诗歌是德国在精神领域从瑞士获得的宝贵礼物之一。就我个人而言,我承认,小时候读过的一些格斯纳的田园诗,以及在父亲书房里读过的许多18世纪文学作品,都给我留下了非常美好的印象,它们是那样纯洁动人、温柔可亲。从那时起,对这位失落诗人的一点爱就一直安静陪伴着我。

唯一有点困扰我的是书中古希腊式的长袍,引用自神话的名字,以及对忒奥克里托斯和一些希腊先贤的引用。多年后,我从一本格斯纳的传记中得知,这位忒奥克里托斯风格的诗人根本不懂希腊文，也读不懂任何希腊书籍。实际上，除了寥寥几个名字，我从未在他的田园诗中感受到过任何希腊气息。其实格斯纳的诗歌与忒奥克里托斯、阿那克里翁或其他古典诗人关系并不大。他的诗歌，他的情感世界，肯定不是某种历史情绪的复兴，而是某种完全现代的东西。它们属于格斯纳的那个时代，是1750年左右的陶醉与狂喜。格斯纳的散文诗曾让同时代的人如痴如醉，而其中的长袍和装饰，童话般的歌剧舞台和跨时空呼吸着的韵律，其实都不是希腊的，而是属于真正的歌剧世界。18世纪的歌剧，有着和格斯纳诗歌一样的情绪，一样飘浮在无尽时空中，一样嬉戏着。人们跟随诗句，怀着淡淡的哀愁，从现实生活进入一个仙境般的、脱离世俗的童话世界里。那些失落的创作，那些在我们后辈看来陌生而过时的东西，却在音乐中保留了它们的永恒性和有效性，而音乐不正是每个灵魂最终极、最崇高、最永恒的表达吗？人人都有摆脱庸常，逃避时间的心理需要。莫扎特的《魔笛》从18世纪来到今天，依然鲜活动人，而我们也盼望它更加简单化、游戏化。

每个时代都有其现实性，都有对日常生活的美化，每个时代都有对现实的逃避，每个时代都有对合理化和进步的追求，而每个时代也都有释放情感、挥洒人生的渴望。这些需求没有一个是对的，也没有一个是错的。一百五十年前，萨洛蒙·格斯纳的田园诗曾满足了人们最真切、最需要、最实在的愿望和需求。后来，有人唱完了他的歌，歌德也用青春诗篇圆满了他的旋律。也许，格斯纳已经变得可有可无，也许，他的时代已经过去。但他不仅仅是一件供那个时代进行音乐实验的乐器，他还是一个人，一个有个性的人，一种独特的、完整的造物，具有一切独特而短暂的魅力，无法复刻。或许他最好的创作并非写作，而是绘画，或许也不是绘画，而是最直接的生活。无论如何，不管在哪里遇到他的影子，我都倍感亲切。从小到大，德国和瑞士都是我的故乡，能在格斯纳的诗歌中读到如此温柔、如此美妙的瑞士，我真的太高兴了。我发现，我的两个祖国之间并不存在割裂，瑞士不是只出产像戈特赫尔夫和凯勒这样坚实、粗犷、有力的诗人，瑞士的诗人也会吹出细腻的调子，而这些调子我们只习惯于从施瓦本人、法兰克人和奥地利人那里听到。这点也很令我欣慰。

1922年创作，
黑塞为《诗歌》选编《萨洛蒙·格斯纳》并作序

威廉·麦斯特的学习时代

18世纪是欧洲最后一个伟大的文化时代;虽然在美术方面,尤其在建筑方面所取得的成就不如之前那几个伟大时代,但它在文学方面的重要性却更高。在涵盖整个欧洲的国际知识界,它产生了广泛的影响力,直到今日,我们这些贫乏的子孙后代仍在品味着它的辉煌遗产。

在那个时代的所有见证中,包括讽刺作家和嘲弄者的见证中,都可以看到一种高尚、慷慨的人文主义,一种对人性的无条件的崇敬,一种对人类伟大文化及其未来的理想信念。人取代了神的位置,人性的尊严成为世界的王冠和一切信仰的基础。这种新兴的宗教革命起源于英国和法国,其中最深刻的先知是康德,其中最后的花朵是魏玛共和国，18世纪充满理想情怀的人文主义已成为当今文化极其丰厚的基础，它已经用变幻莫测的神奇魅力使我们这些后辈眼花缭乱。面对它的绝对优势的压迫，我们常常试图用嘲笑来保护自己，认为这种精神徒有空洞和俏皮的装饰性外表。我们嘲笑那个世纪修剪得整整齐齐的花园篱笆、一尘不染的中式屋顶和华丽诙谐的瓷器塑像，尽管那之后我们的花园和房屋也并没有变得更好或更美；我们只喜欢谈论那个"僵硬时代"的假发，谈论它如何被巴黎大革命、被《强盗》和《少年维特的烦恼》打败，被迫暴露出空洞可笑的一面。

实际上，我们只应怀着谦卑的敬畏之心来看待那个时代及其精神。那个时代的内核绝不是骑士小说或小情小调的外表，也不是"受压迫的资产阶级"及多种议题的贩卖，更不是涂脂抹粉和梳辫子。这一切并不像某些文化史学家和历史小说作者试图说服我们的那样，是那个时代所不可或缺的；尽管它们已经代表了一种令人尊敬的、统一的外部文化，但只要今天的我们认真审视那个时代，这些表象就会变得无限渺小，甚至完全消失。如果我们试图从外部文化来证明18世纪的劣势，那就大错特错了。我们应当摒弃这样一种偏见，即认为席勒、歌德和赫尔德并非继承者和完成者，而是革命先锋。否则，席勒的意义将在《强盗》中被耗尽，歌德的意义将在《少年维特的烦恼》中被耗尽，而舒巴特或伦茨将被抬到与他们同样高的位置上。

这些偏见部分是浪漫主义的产物，部分源于解放战争中的爱国主义，如果它能迅速消失不见，那将是一件好事。如果我们不带偏见地揭开18世纪的假面，看看下面隐藏的是什么，我们会发现一个又一个名字，一部又一部作品，全都是文化财富，都是只能仰望的最高人类荣誉，在它们面前，我们惭愧地沉默。

在18世纪的所有表达领域，所有科学和艺术领域，我们都能看到一朵朵高雅之花，这不仅仅是个体才能的偶然的、幸运的积累，而是一种平均水平的提升，是总体文化高度的标志。而这所有的作品，都围绕着同一个核心。

哲学家和博物学家、诗人和散文家、政治家和演说家不仅展现出普遍的教育高度和优雅的形式传统，而且他们都有一个共同点，那就是在我们这个工作专业化的时代，他们的目标总是从小的个体的走向整体，本能地指向一个单一的太阳，即人类的理想。这是多么令人惊叹的事业啊，集合了天赋、工作、能力、凝聚力和团结精神！这是一群多么崇高、伟大的人类啊，在我们看来，几乎每个人都是这一理想的化身！不，18世纪不是香艳的爱情角，也不是滑稽的虚荣市集；它更像是一个万神殿，我们应该满怀感激和最高的崇敬站在它面前。

伏尔泰和狄德罗的文学细腻、聪慧、克制，光鲜亮丽，偶尔的轻浮几乎将理想衬得更加崇高，但他们最终也不得不为理想服务，而且是充满激情地为理想服务；从道德家艾迪生到刻薄的讽刺作家斯威夫特，英国文学圈人才辈出，他们是现代小说和现代心理学的创造者，他们的文学作品充满智慧与警醒。英国人与法国人做着相同的努力，旨在研究人类，完善人的形象；孤独的康德探索人类思想的规律，尽管他很谦虚，却把人作为王者置于巨大的责任和前景之前；莫扎特对哲学心怀顾虑的同时，在《魔笛》中建造了一座人性的殿堂，比其他任何殿堂都更崇高、更纯洁、更神圣;普鲁士的腓特烈,除忙于战争之外,还忙于用对自身命运的信仰取代人心中被废黜的虔诚之神,他是最有良知的怀疑论者,也是伏尔泰的朋友,桑苏奇宫的建造者;莱辛,他以世界上最诚实、最干净的剑术,解决了没有科学依据的神学问题,无畏地将德语引向法国精神的危险境地;席勒,他在高尚的痛苦的掩盖下,将自己天才般的青春野性和其中高贵、隐秘的痛苦凝结成最纯粹、最可爱的理想主义;最后是歌德,他是这整个强大文化的天生继承人和宠儿,他接管并驾驭了这一文化,并在其堪称典范的一生中将其转化,并从中发展出最令人惊叹的现代性。两部卓越而伟大的小说从这个时代的文化中诞生了,它们是《鲁滨孙漂流记》和《威廉·麦斯特》[1]。它们既有现代小说的格调,又保持了一种经典的永恒。

《鲁滨孙漂流记》于18世纪第一季度写成并出版,描写一个人如何赤裸裸地面对充满敌意的大自然。尽管一无

---

[1] 《威廉·麦斯特》全书分为两部:《威廉·麦斯特的学习时代》和《威廉·麦斯特的漫游时代》。

所有，但他还是用自己的能力为自己创造了生计和安全，创造了一种文明的根基。而同世纪最后几年出版的《威廉·麦斯特》讲述了这样一个人的故事：他有着良好的资产阶级背景和成长经历，他所拥有的财产和性格都足以让他生活在一个温和舒适的文明环境中，成为一个令人满意的公民。但在神圣渴望的驱使下，他必须追寻更高的生活、更纯粹的灵性、更深邃更成熟的人性，而这些都是星辰和流星背后的东西。18世纪就在这两本书之间，从这两本书中，我们都能感受到鲜活观点的纯净气息：丹尼尔·笛福的书更英国、更别致、更天真，也更局限，而歌德的书则更自由、更有力、更诗意。

歌德的小说传承了那个时代丰富、优秀的传统和文化，是"幸运的接班者"，它比所有其他德国小说都更能成为后世文学的典范、灵感和动力，直至今日仍无法被超越，甚至无法被等同。这本惊世之作，首次将诗歌与散文、描写与感受如此亲密而巧妙地结合在一起，成为年轻一代的福音。《威廉·麦斯特的学习时代》成就了一种艺术创作，它既流淌着抒情诗的才情，又参与到整个世界中,客观而忠实地描绘这个世界。各种类型的创作手法在这里演奏出交响,创造出一个奇妙的微观宇宙,一种理想的世界写照。

当时的年轻人迷恋这部伟大的作品,反反复复对它进行研究和解读。直到19世纪后三十年,作为榜样的《威廉·麦斯特》才被自然主义者们抛弃和推翻。新的思想路线、新的历史形态已经出现,新的素材从新兴的外国文学,尤其是俄罗斯文学中发展出来。所谓的"成长小说"(其中最伟大的作品仍然是《威廉·麦斯特》)被心理小说和社会小说取代。一方面,人类从动物和历史的角度重新被照亮,"人"再度成为一个谜和一个问题,需要重新被征服。严肃诗人在新价值观的斗争中取得了伟大而有价值的成就,而另一方面,小说却沦落为最低层次的娱乐文学,成为投机者和业余爱好者的最爱。

如今,一个受过普通教育的读者,对前现代的珍贵小说通常知之甚少,最多知道《格林·亨利》。实际上,如果我们想要了解小说这种艺术形式,了解这种形式曾经创造的思想高度,除读《威廉·麦斯特的学习时代》之外,别无他法。《威廉·麦斯特》的创作历程是极为漫长的，歌德早在完成《少年维特的烦恼》后两到三年就开始创作这部小说，其第一版被称为《威廉·麦斯特的戏剧使命》，并一度失传，直到几年前一个幸运的巧合让苏黎世的一本所谓原版《威廉·麦斯特》的前六本重见天日。

《威廉·麦斯特的学习时代》最终上市的版本，是在《威廉·麦斯特的戏剧使命》之后数年才创作完成的。而续篇《威廉·麦斯特的漫游时代》则是在几十年后勉强完成的。总之，歌德创作《威廉·麦斯特》的过程一共拖了五十多年，最终使其成为一个庞大的半成品！相较于《浮士德》，我们可以在这部作品中更清楚地了解到这位诗人丰盛的一生的阶段和分层，就像博物学家在冰碛地貌中解读地球历史的变迁和转化一样。这部作品映照出了歌德的整个人生，《少年维特的烦恼》时代的火热精神和狂暴野性在作品中飘荡，他与席勒的友谊之果和他受意大利影响的痕迹都在作品中显现出来，魏玛黄金时代的整体氛围也在作品中充分而清晰地展露，最后，老年歌德神话般的身影在《威廉·麦斯特的漫游时代》中萦绕，在庙宇般的宏伟和庄严中显得神秘莫测。

我们在此讨论的《威廉·麦斯特的学习时代》最初于1795至1796年上市，人们阅读这两部作品，当时最优秀的精神也被深深激发了：诺瓦利斯读得津津有味，并感同身受，席勒为此给歌德写了几封信，这几封信组成了歌德书信中最美的一个系列。

将最初的版本与最终上市的版本进行比较，将《威廉·麦斯特的戏剧使命》与《威廉·麦斯特的学习时代》进行比较，就像将年轻的歌德与年长的歌德进行比较一般，尽管很诱人，但绝对不可能。前者具有大胆而明确的设计和意志，比后来的《威廉·麦斯特的学习时代》更加统一，在细节上充满了蓬勃的朝气和奇思妙想，光彩四溢；而后者则是一部更安静、更冷峻，也更拘束的书，在某些章节中，生动性和即兴的灵感都减弱了，但总体而言，它是如此令人震惊，如此高远，如此超越个人，和别的作品不存在可比性。《威廉·麦斯特的戏剧使命》是灿烂的宝藏，我们为之陶醉不已；但我们只能把它作为一个片段来欣赏，作为那段青春焕发、稚气未脱的岁月的精彩记录来欣赏，我们绝不能让歌德自己创作并发表的《威廉·麦斯特的学习时代》的形象因为与这部早期作品的比较而受到动摇。一些狂热的爱好者认为，歌德应该保持第一版的原貌，并在此基础上原封不动地创作《威廉·麦斯特的学习时代》，这是一种愚蠢而又无可争辩的要求。

通过阅读苏黎世手稿，我们更加熟悉歌德的工作方法，看到他牺牲了许多细小的魅力和美妙，以大师的冷峻战胜了青春的冲动。《威廉·麦斯特的学习时代》的基本思想和这部作品中唯一毋庸置疑的统一性是歌德对生活本身的伟大构想。虽然年轻的歌德参与其中，但作品不在他身上完成，因此，《威廉·麦斯特的学习时代》并非对早先未完成的青涩作品的阐述，而是像《浮士德》和《诗歌与真相》一样，是诗人将数十年丰富多彩的活跃生活结晶为诗歌的伟大尝试。《威廉·麦斯特的学习时代》尝试了最高的、不可能完成的任务，这使它成为半个世纪以来最伟大的小说典范，并将它与更低调的那代人的作品区分开来——其中最优秀的作品在表面上超越了《威廉·麦斯特的学习时代》，但没有哪部作品能在规模和内在丰满程度上与之相比。

在同时代人中，无人像席勒那样热爱《威廉·麦斯特的学习时代》并以批判的眼光关注着它的发展；在歌德的作品中，没有哪一部像《威廉·麦斯特的学习时代》那样与他本人相去甚远；没有哪部作品以如此个人化且新颖的方式突破了俩人都认可并经常讨论的形式法则。当然，除《浮士德》之外，没有哪部作品更完整、更自觉地涵盖并推动了他们共同的文化理想。

席勒在几封信中尖锐地批评了《威廉·麦斯特的学习时代》，甚至有一次他完全否定了这部小说艺术形式方面的真实价值，称其缺乏诗意，因为它首先追求的是智力的满足。他坦然断言，这本书在叙述与诗性之间古怪地摇摆。席勒将《威廉·麦斯特的学习时代》与《赫尔曼与多萝西娅》进行比较，并说："然而，《赫尔曼与多萝西娅》将我（仅仅通过其纯粹的诗歌形式）带入了一个神圣的诗人世界，而《威廉·麦斯特的学习时代》却并未将我拉出现实世界。"接着，他又评论《威廉·麦斯特的学习时代》

上的"悲剧色彩太浓",最后他写道:"总之,在我看来,您在《威廉·麦斯特的学习时代》里使用了作品精神所不允许您使用的手段。"

尽管如此,严厉的席勒在同一封批评信的结尾,几乎违心地赞美道:"顺便说一句,我怎么说也说不完,在这次品读中,《威廉·麦斯特的学习时代》为我带来了丰盛、鲜活和陶醉的感受。这本书中流淌着一种源泉,我可以从中汲取滋养灵魂的每一种力量,尤其是那种海纳百川的力量。"

如果这就是席勒的最终观点,如果他这位不折不扣的唯美主义者和纯粹形式的崇拜者承认,他对《威廉·麦斯特的学习时代》的爱和感激超越了一切保留和冲动,那么今日的我们就完全没有理由放弃这份爱和感激。在美学层面,我们已经被宠坏了,我们若是想找个理由放弃席勒的美学,那就可以试试这部小说,我们可以把它看作一种尝试,看作一部宏伟的作品,但作为一种形式,它也为德国诗歌指明了崭新的、硕果累累的道路。

也许歌德并非绝对的散文叙事大师。似乎每当他离开严格的诗歌形式，在无拘无束的文字中自由驰骋时，世界和他内心的充实感就会铺天盖地涌来，以至于他从一开始就认识和感知到，将表达限制在纯粹的艺术性之中是不可能的，并决定以叙述者的身份探索人文的多种形式，根据需要，肆无忌惮地使用对话、书信和日记的形式，也经常使用直接劝导的形式。即使是他在形式上最完美的散文作品《亲和力》，也不乏这些"技术上的缺陷和漏洞"。

在那些无人能及的纯粹、生动而感性的篇章中，偶尔也会出现散漫的句子和闲聊式的告知或劝导；与读者的直接关系往往会以出人意料、天真无邪的面目出现。若要求歌德的散文保持纯粹叙述者的适度自我克制，压制每一种冲动，每一种表达需要，每一种与个人直接交流的渴望，以利于纯粹简练的叙述，就等于要求《浮士德》严格服从于戏剧法则。

从某种"最高级"的文字规则上来说，歌德始终是一个二流作家；对他来说，诗歌不仅是一座庙宇和一个礼拜场所，不仅是一个舞台和一件节日盛装，对他来说，诗歌是一个最普遍的器官，他用这个器官向外表达和传播他的内在智慧,他反反复复验证过的爱的教诲。就像《浮士德》是一个包罗万象的整体,而不只是一个戏剧作品,《威廉·麦斯特的学习时代》也不是一部纯粹的叙事作品,它远不止于此。

然而,奇怪的是,这些非凡灵魂的创作也洋溢着艺术,洋溢着直接的、高超的技巧,以及对更伟大的、尚未完成的、尚未实现的形式的深刻感悟。当今每一部优秀的文学小说都尊重歌德不小心违反的某些规则;在技巧的细微之处,他注定要被超越,他已经被超越了。

但是,我们在《威廉·麦斯特》中所看到的广阔视野和成熟宏大的人性,从未被超越过,而书中的伟大意图也从未在后来的小说中得到如此优美而巧妙的匡正和解决。《威廉·麦斯特》最终成了一部未完成的作品,这并非因为歌德在技术上不够完美,而完全因为他试图在一部作品中展现出广阔的视野。

威廉·麦斯特的《威廉·麦斯特的戏剧使命》变成了《威廉·麦斯特的学习时代》,艺术家小说变成了人的小说。即使在《威廉·麦斯特的学习时代》中,戏剧仍然占据着广阔的空间和深刻的意义，但威廉·麦斯特的戏剧生涯却在不抱怨失败的情况下，进入了一个更大的领域，现实世界取代了有限的戏剧微观世界，成就了"英雄"的环境。

"英雄"绝非某个单一的、独特的、显眼的人，英雄就是你和我，就像我们每个人小时候读《鲁滨孙漂流记》时都觉得自己是主人公一样。青春的激情将歌德这个富商的儿子引向舞台，其中当然有一点年轻的虚荣心和对辉煌的欲望，但这只是对人性弱点的呼应和赞美，而不是一种推动力。最终引领他走进剧院、走出剧院、走进生活、经历生活的，是对纯洁、完美的存在的崇高渴求，是对成长和教育的渴求，是对完美、纯洁和价值的无止境的渴求。

我们必须尊重年轻的《威廉·麦斯特》的这种渴望，我们必须理解、分享和活出这种渴望，这样我们才能珍视他的生命并从中受益。在他身上，没有任何一项才能，甚至连戏剧才能都没有得到突出的发展，歌德的一个无限丰硕而美妙的想法是，他不是把这位成长小说中的主人公作为教育的天才，而是作为一种受教育的天才来介绍的。就其天赋而言，威廉是一个普通人，但就其精神需求和道德意愿而言，他却不是。

他很软弱，容易屈服于外界的刺激和影响，他容易认为自己是领导者，实际上却被领导着，他容易高估别人，在生活智慧及行动中的人格力量方面都不算英雄。因此，他或许能成为每个人的好榜样，完全可以被视为人类平均数的有效代表，他生活在敌对势力和有利势力的夹缝中，被动多于主动。

然而他也不是一个普通人。他不单具有普通人的智力天赋，也同时具有爱人的能力和正直的善举，正是这项决定性能力让他的人生得以升华。因此，他最终呈现的不是一个可爱的人类范本，而是一个不那么优秀、不那么出众的人，却体现着人类文明中的善良底色。唯有这样，他才会引起作者的深刻兴趣，写下有价值的文字。因为这部作品所要描绘的不是动物性的人，而是能够与同龄人共处，具有执行力，懂得臣服与合作，积极而有价值的"文明人"。

威廉·麦斯特是这样的一个年轻人（许多人都是这

样，许多人也应该是这样）：他对生活充满好奇，为生活做了种种准备，不是为了被幸运砸中，而是为了通过自己的努力来获得幸福；他陶醉于冒险的激情，追随远方的诱惑，而他在朦胧渴望中寻找、怀疑、梦想和思考的并非战利品和个人幸福，而是人类的道路，是自由服务于公众，且无愧于公众的清晰生活理想。

感恩、敬畏、正义是这个以爱为本质的人的天赋。他与生俱来的性情在生活中的任何情况下都会表现为感恩、敬畏或正义的意志，其中不乏矛盾挣扎的自爱，但总是被更高的爱所引导和征服。这正是那个时代善良伟大的人们希望和期盼的人，他们努力教育出这样的人，他们期望这样的人能够实现他们对人性的美好愿望；席勒在他的书信和文章中都提到了这样的人，莫扎特在《魔笛》中也歌颂了这样的人。

威廉·麦斯特怀着感激之情回忆起自己的童年——这些童年往事他也曾向他的初恋情人讲过，讲得她昏昏欲睡。当他发现了她的不忠，明白自己已失去她时，他拼命为她的形象而战，就算受尽苦楚，也要不断恢复这个被玷污的纯洁形象。

威廉怀着崇敬之心珍藏着过去的记忆，怀着崇敬之心尊重在他之上的人的地位和权威。他第一次接触莎士比亚的作品时，其中的才情就以奇妙和压倒性的方式征服了他。他对《哈姆雷特》的倾情奉献，是他所有戏剧努力的最终成果，至今仍是我们的珍贵礼物。

他怀着纯洁的正义之心，生活在卑鄙无耻、忘恩负义的人们中间，每个人都不怎么高尚，都是不那么高贵的、不那么可爱的演员。他尊重他人的天赋，他心中残存的那份未熄灭的爱，并未在无价值的自我陶醉中消失；他把爱献给了不幸的奥蕾莉，献给了弥留之际的米侬那破碎的竖琴演奏。

在这种以对人性的崇高信仰为基础的有爱氛围中，整部作品仿佛被金色的温暖空气所笼罩。深思熟虑、勤俭节约的商人，可怜的小喜剧演员，迂腐自负的伯爵，好卖弄的男爵，虚荣贪婪的剧院院长，漂亮轻浮的菲莉娜，厚颜无耻、顽皮任性的冒险家弗里德里希，尽管他们每个人都有着鲜明的弱点和不值得称道之处，但也都闪烁着不可动摇的人性与爱的光辉，有着善良与隐秘之美。人人都有自己的可耻之处，同时也体现着作品中普遍存在的、对万事万物的敬畏之情，无人受到指责。书中的每个人都是独一无二的，每一种性格和每一种性格的缺失都有其应有的价值。人类的愚蠢百花齐放，幽默感在千奇百怪的小趣味中自由爆发。只要人类命运这个主体不被伤害，一个人可以错过一百次，可以嘲笑一百次，但他最终必须以某种方式默默为之服务，默默臣服。

同样，高尚的、追求价值和理想的人，如同威廉·麦斯特本人，都是人，都有其个体的局限性。虽然人人额头上都清楚写着自己的价值，但这世上绝无绵羊与山羊之分。正如最卑微的人仍能打动我们，使我们和睦相处一样，最高尚的人仍带有人类不完美的痕迹。

在威廉·麦斯特身上，每一刻的生活都是有爱的。他可能健康，也可能生病；他可能满怀希望，也可能满怀悲伤，但他从未在自私的孤独中封闭自我，也从未放弃过分享友谊与善行的冲动。

作为一个四处漂泊的单身汉，他将他人的命运与自我的命运连接在一起，并带着一群需要帮助的人。他也常常会不耐烦，常常发现自己因不满和羞愧而困惑恼怒，但他一刻也不怀疑自己对周围人所负有的义务，一刻也不把个人的命运和福祉当作世上唯一重要的事情。他有时可能看起来像个天真无邪的傻瓜，但他无法控制自己。最后，我们以最愉快的心情认识到，他所信仰和践行的宁静的正义是如何为他伸张正义的，又是如何为他的牺牲和努力付出代价的；在他遇到的许多人中，我们总是看到那些更优秀、更高尚的人给予他共情，成为他的朋友，丰富他的生活；我们看到，那些不那么高尚的灵魂也向他展示了他们更纯洁、更温柔的一面，例如好女人梅丽娜和菲莉娜。

最后，当他认为已经将生活掌控在自己手中时，当他向特蕾泽求婚时，当他在解放的生活中迈出看似自由和深思熟虑的第一步时，他却不得不犯下第一个彻底的、灾难性的愚蠢错误，幸福似乎愚弄了他，他的处境变得岌岌可危，仿佛他的善行和品德又转回自己身上，仿佛这个世界弹回了他所付出的爱。好在，通过善良的人们，他的命运总算出现了一个终极大转弯，走向了新的幸福和新的广阔前景，拥抱生活中种种奇妙的可能性。

这部小说描写的是一个世界。当然，它不是一个无序力量的混沌世界，而是一个由人类法则引导并合理化的世界，是一个安静有序的多样性世界。在这个和谐的世界里，原始的必然性受到了精神与良善的调和。这里宣扬的不是意志的自由，而是人类的权利和胜利。

在这个世界中，老人和孩子、世俗之人和怪人、虔诚者和无信仰者并不共享同等的秩序和价值，但他们被同样的同胞之情，被同样的爱之光、同样的人性正义所照耀。这部作品的奥秘和魔力就在于，和谐而深刻的内在统一性绽放于多姿多彩的画面中，绽放于鲜活生动的形象中。这部作品没有假定任何特定的信仰或世界秩序，也没有宣扬任何社会法则，整体的统一性和清晰感不是从任何计划和方案中产生的，而是从作者对全人类的爱以及他对人类文化能力的信念中产生。

竖琴演奏家和米侬的孤单身影奇异而感人地伫立在这个多姿多彩却也完全理性的世界之中。人们时常试图阐释他们的含义，最终也只是指出米侬代表着歌德对意大利的向往。这样肤浅的解读既粗糙又夸张；而且，这种对个别人物的解读必然会更粗暴，其结果是将这些活生生的人物贬低为寓言式的玩偶，从而破坏了与诗歌的纯粹关系。当然，从米侬的形象和歌声中可以看出歌德对意大利的热爱，但歌德笔下的意大利也绝不仅仅是一个地理或历史概念，这样贫乏的解读必然与全书中闪耀着神秘色彩的丰富关系及意义形成鲜明对比。小说中，唯有竖琴演奏家和米侬是纯粹诗意的人物，也唯有他们才可理解那些漂浮于世外朦胧光彩中的诗意存有。他们是全书中最美丽、最真挚的人物，然而席勒所批判的"方向矛盾性"恰恰在他们身上得到了印证。这整部艺术作品中最薄弱的一点，是这两种命运的消解，对两种美丽形象的"解释"，以及最后对理性和现实世界的回归；在这里，诗歌的追求没有与理性的追求结合在一起，读者每读一遍《威廉·麦斯特的学习时代》，就会带着某种幻灭的惶恐走近那几页，在那里，米侬神秘的身影被揭示出来，她的尘世命运被展现出来。在那里，这部作品的宏伟建筑暴露出了它裸露的木架和生硬的接缝。类似这样的"失败段落"还有一些，有的充满了自由的开放性，有的则更加隐蔽而微妙——但我不知道是不是只有我这么觉得：正是在这些微妙的段落中，歌德对我来说格外亲切，他那伟大的形象变得人性化，似乎在笑着，纵观这整部伟大小说，其意图、尝试和能力的超凡脱俗与震撼人心之处，在这些"略显失败"的段落面前，反被衬得加倍可敬而伟大。

就像没有哪部伟大的艺术作品不是出于爱而创作的一样，任何一种与艺术作品之间的高尚而有益的关系，也必须是经由爱来实现的。就算是伟大的作品中也会出现人性弱点的残余，倘若一个人对此只有批评甚至幸灾乐祸，那就好比饥肠辘辘地离开了一桌丰盛的佳肴。我们可以透过每一道裂隙窥见《威廉·麦斯特》坚固的结构，窥见其构造的内部，所谓的"裂隙"只会更加清楚地凸显出作品惊人的完美性。

唯有从这些险象环生的段落中认识到危险的数量和严重性，认识到这一精巧结构的复杂性和令人尴尬的多样性，我们才会沉默不语，并以更新的、更强烈的感激之情和更新的、更清醒的喜悦回看诗人曾经历的千难万险——

当初人们在被歌德征服时，不曾认识到这些危险，现在才慢慢意识到。

第六部《一个美丽灵魂的自白》无比清楚地表明，作品表面的缺点与实质的优点是多么紧密地结合在一起。在这里，小说只是被一位虔诚女士的插叙回忆录打断了，人们愿意认为，这些信息的内在价值足以为违反叙事形式的行为开脱。也许初读时，我们并不愿意接受这种说法，因为这种心理描写虽然优美而深刻，但它打断了小说的进程，特别是在一些关键点上，而我们全神贯注追随的不是几页纸或一段短短的插曲，而是整本书。但是最终，读者们可以读着威廉的故事，同时被穿插其中的温情自白所震撼和吸引，徜徉在它美丽而宁静的花园中。只有当读者熟悉了威廉的命运，那些穿插在回忆录中的自白才会一次又一次地浮现在读者面前，渗透成为背景中不可或缺的内容，最后，许多读者都会不得不重读这些自白，至少部分重读，以防丢失重要线索。在第二次和更频繁的阅读中（因为《威廉·麦斯特》必须每隔几年重读一次），这种看似笨拙的"打断"反而成了一种额外的吸引力，甚至令人期待，最终，没有哪个读者会愿意错过这些自成一体的、精美如瑰宝的自白，而选择更加统一的、技术上更加简练的小说续篇。

越是仔细观察，细节描写的美就越是令人瞩目和钦佩。第一章就已经充满温暖气氛，充满朦胧光晕和爱的魔力！而主人公最开始的旅行又是何等闪耀！一幅丰富的风景画清晰呈现在我们面前，每一处细节都生动鲜活。人们偶尔会想起这些画面，想起那些回声和想象，于是再次捧起书翻找，期待在三四页的文字中找到脑海中浮现的小场景，而人们却奇怪地发现，短短十行或十五行的文字是如此惊艳，几乎让人感到陌生！这十行字，结合上下文来读，就能开启无限的灵感与想象，以至于几个月之后，几年之后，我们敢说，几乎还能记得它们。我们发誓说，几乎能准确无误地记住其中所有可爱而美丽的细节，但事实上，这些细节压根儿不存在。唯有真正的作品才能产生这种效果。就作品纯粹的诗意价值而言，就没有比细节记忆更确定，也更危险的试金石了。《威廉·麦斯特》一次次证明了自己的神秘魔法，以令人惊叹的方式，让读者记住那些场景、人物、境遇和对话，无论读者日后审视哪一处，都会发现记忆中的东西是如此宽广而细腻，精准而简练。关于《哈姆雷特》中鬼魂出现的章节是这样的，接下来的谜一般的爱情之夜是这样的，受伤的威廉见到亚马孙人的场景也是这样的。每一个这样的场景都是大师级的，都具有最高艺术那种梦幻般的、强烈的、无法控制的效果。歌德的文字往往就像种子，只有在读者阅读之后才开始发芽和生长。这是因为它们本就不是一时的异想天开，而是由经过筛选的经验和最深沉的专注结出的果实。因此，歌德本人在1795年3月创作《一个美丽灵魂的自白》时写道："上周，我被一种奇怪的直觉抓住了，幸运的是，这种直觉还在持续。我突然很想去写小说中的宗教章节，因为整部小说都是建立在最崇高的欺骗和最微妙的主客观混淆之上的，所以宗教章节比其他任何部分都需要更好的氛围和更多的专注。然而，诚如您当时所见，我若不是早先收集了那些根据自然进行的研究，这样的描绘是不可能实现的。"而这些"根据自然进行的研究"几乎是《威廉·麦斯特》中每个句子的基础。那些仿若即兴创作的段落往往对我们具有强烈的瞬间吸引力，同时隐藏着对等待、毅力和耐心的深刻洞察，震撼人心。这些句子所表达的内容经过了多年的收集和筛选，经过了涤荡和沉淀，经过了澄清和淬炼，所以，一切才如此充满格调，如此不可侵犯，如此坚定而有章可循。当席勒读到作品的结尾，看到书中的人物和群像汇聚在一起，变得越来越有意义，越来越重要，越来越动人心弦时，他忍不住感叹："这本书仿若一个美丽的星系，悬于太空。"

这是创作天才的秘密，在他笔下，那些稀松平常的简单事物和生活日常会变得恒久、鲜活、神圣，令人肃然起敬。曾写下《少年维特的烦恼》的歌德终究成为生命神圣性的伟大预言家，在他看来，没有什么比一种傲慢、疏离、疲惫的孤独更遥远、更陌生、更可恶、更不可理喻了，而他只是偶尔在《威廉·麦斯特》中允许那些明显患有精神病的人这样做。

麦斯特的人生目标在于承认生命、促进生命，在于尊重和感恩，他尊重他人的优点，愿意承认他人的需求和权利。麦斯特偶尔也会坦率提及自己的贵族出身，但自始至终都认为所谓的"高贵"首先是礼貌和教养。有时候，书中展现的对传统秩序的尊重也会给人留下近乎天真的亲切印象，比如老林务官在进入霍赫多夫的二流剧院时受到了"最隆重的欢迎"，尽管他接下来的表演也并不出彩。

威廉的存在和生活都是以爱为基础的，他也总是被女人的爱恋所围绕。初恋情人的怀抱唤醒他，让他开展属于自己的新生活，之后的人生，从失去初恋情人到找到真正的新娘，他总在和女人打交道，每时每刻都在被诱惑、被吸引，他的心里，要么想着失去的那个人，要么想着即将到来的那个人，直至最后一刻，几乎为时已晚的时候，他还在相互连接和映照的形象之间反复徘徊，他确信自己的感觉，却又被现实的游戏所迷惑。他的痴情让他的人生轨迹有了独属于他的、游戏般的主线，但显然，游戏从来都不只是游戏，其背后总有一种深刻的严肃。从活泼的小爱情艺术家菲琳娜身上，威廉学不到什么，对他来说，爱情就像人生的王冠，不可染上任何瑕疵。他爱上了伯爵夫人，由此开始了奇特的轨迹，并最终找到了真正的爱人，也就是伯爵夫人的妹妹。虽然看到伯爵夫人的第一眼，就像一道闪电击中了他，让他受了伤，但他仍然错误地追求着她，任由自己被她摆布，误入歧途，继续在郁闷的痴迷幻梦中寻觅和踉跄，久久不能确定方向，以至于他最终被娜塔莉拯救。这已不能算是一次幸运美丽的发现，而是最高的命运，是长期以来暗中较量的力量的终极会合。

细节就不必多说了！我并不想对《威廉·麦斯特》进行详尽的解释和说明，也不想试着解开这千丝万缕的多样性。对于这样一部作品，我们只需心怀感激地欣赏它，学习它，正确地拥有它。这本伟大的奇书对于每个读者来说都是一种声音，一种幸福，一种警示，一种深邃的、不浮于浅表的价值。而那些心中无爱、无信仰的恶人，是不可能理解它的。

有的人更喜欢人性中的秩序，有的人更喜欢人性中的动物性和混沌，而后者在《威廉·麦斯特》中是找不到任何神圣的。对他来说，一方面《威廉·麦斯特》充其量不过是一本美丽、聪明、上乘的书，因其对生活敏锐的观察和多元的形象而充满趣味，因其美丽真实的细节而值得一读。另一方面，如果你能站在威廉·麦斯特的立场上去感受自己，和他一起去爱，和他一起去犯错，和他一起去相信人性，和他一起去培养感恩、敬畏和正义感，那么这本小说就不再是一本书，而是一个充满美和希望的世界，是最高贵人性的记录，是精神文化的价值和持久性的保证。这种有教养的读者会在每一个句子中发现快乐，确认自己最美好的冲动，但他不会想把任何一个句子或细节作为主要内容；他不会计算和权衡作品的优缺点，而是学会热爱和欣赏整体的统一性。这种统一不在于形式，也不在于可表述的信仰和告白，而在于一种深沉的爱，一种脱离了一切自私的爱。这种爱是威廉·麦斯特的美德，我们每个人都能感受它、接近它，即使他知道自己与歌德的伟大之间存在着无限的距离和差异。

书中的麦斯特并非一件完美到让我们自卑和挫败的"艺术品"，他是一个活生生的人，可以是我们的朋友或同伴，他不要求我们什么，除了真诚的爱。一旦我们具备这一点，就可以不必计较《威廉·麦斯特》这本书中的细节,也可以认同席勒所说的"艺术形式的不足",我们可以对作品中的小瑕疵报之淡淡一笑,并享受每一次阅读的幸运、喜悦和陶醉。

在他身上,我们看到的不是那种高高在上的、孤芳自赏的、只有在节日里才能接近的艺术。我们在他身上看到的是日常的慰藉和欢乐,我们走在他所行走的长廊上,就仿佛走在祖国的土地上,怀着崇敬的心情,却并不胆怯,因为笃信我们的权利和归属。

这本书的特殊之处在于,它既不向完全追求个人见解的理智敞开,也不向完全只为追求审美满足的情感敞开;没有人能够一下子读完《威廉·麦斯特》,没有人能够在阅读中或阅读后的某个时刻一下子感受和品味到全书的丰富内涵。我们走在它的土地上,就像走在美好、肥沃、忠诚的大地上;我们仰望它,就像仰望永恒的、至福的天堂;我们感受到,心中善良、宝贵、崇高的激情和希望得到了它的肯定与支持,同时自己的弱点和过失也被它指出和批评,当然,并非恶毒的咒骂。

有些人既无法接受公认的信条,又无法忍受心中缺少信仰的恐惧和孤独,《威廉·麦斯特》告诉这类人,信仰是可以找到的。这本书既不教人信神,也没有推翻神,没有拒绝灵魂与世界的纯粹关系;这里既不要求希腊式的信仰,也不要求基督教式的信仰,只有对人的价值和美好命运的信仰,鼓励人们积极去爱、去生活。

1911 年创作,1923 年修改,

黑塞为《歌德全集》(第十一卷)写的文章

致海明威的信

我的诗集似乎比您的卖得好一些。多年前,您写了《监狱》,它是我们这个时代最真实、最感人的书之一,是一部奇迹之书,可惜无人知晓。书商们在橱窗里摆满了转瞬即逝的时髦玩意儿,人们不知道世上还有您的作品这样的书。但是,即使我做得更好,就算我的书被更多人理解、被更多人购买,我的处境也并没有比您的更好,艾米,也不会比我们亲爱的雨果更好。我们创作我们的音乐,时不时会有人出于误解往我们的帽子里扔一便士,因为他认为我们的音乐是道德说教或聪明机巧。倘若他知道音乐只是音乐本身,就会选择保留他的便士,继续走他的路。

但这些都不重要，因为最时髦的大炮很快就会生锈，而诗歌却能一直活下去。我记得一些例子，我甚至不想谈论那些一百多年来一直遭受误解，却从未消亡，而是在十个、百个狂热心脏中继续生存和燃烧的老诗人。

1928 年发表于《科隆报》

文森特·凡·高

我曾多次产生书写文森特·凡·高生平的冲动。这个梦幻般美好的热血青年,是我们现代艺术中最强大的理想主义者和最感人的殉道者,是奇怪的流浪者和宽容者,因为太爱人类而变得孤独,因为太智慧而变得疯狂。这个心怀热爱的上帝信徒,最终进了疯人院并自杀身亡。如今,朱利叶斯·迈尔·格拉夫,一个具有使命感的人,完成了这项工作,他描绘了这位画家非凡的一生,连同凡·高最重要的画作一并收录在这本精美的画册中。他以最生动、最能共情的方式,从文森特的自白、作品、书信和口述中总结出这部作品。我们对凡·高的了解,比过去几十年中任何其他艺术家都要多,因为他身边的人很早就认识到了这个奇人的独特性和他不可思议的一生，收集并出版了他的书信，孜孜不倦地为他的一生谱写传奇。现在，迈尔·格拉夫从这些大量的见证，以及对那几十年艺术生活的熟悉中总结出了这部充满爱与理解的作品，一部不是非要欣赏其中的世界观和生活方式才能喜爱并感激它的作品。图文并茂的画册以最细致的复制方式在一百多幅图版上展示了凡·高的作品，这两本四开本的画册都是出版商和印刷商在材料和品位方面的典范之作。当你翻阅这一卷画册时，你会立刻意识到文森特那炽热的精神世界，他对上帝、对人民、对真理的狂热的爱，同时也是他艰难奋斗、痛苦忍耐的决心。每幅画的独特笔触和明暗韵律都大声地，几乎是嘶吼着见证了这位非凡人物的狂喜和痛苦。迈尔·格拉夫对文森特生平的描述，以及对文森特自白的充分剖析，都与画作相吻合。而书中的一切远不止艺术和绘画，在作者看来，这本书与其说是关于一位画家的一生及其成果，倒不如说是关于一种英雄的命运：这是一个伟大的受难者的生活，一种无条件承受苦难的生活，他无法做出任何妥协和让步，最后被我们的世界和我们的生活所吞噬。他的"救世情结"可以凌驾于这种生活之上，也可以凌驾于他的对立面（比如尼采的忏悔）之上。我们也在托尔斯泰的一些故事中感受过，甚至在陀思妥耶夫斯基的故事中深切感受过这种狂野、多汁的生命力和人类的无条件性，我们自以为理解这些品质，却从未在现实中真正遇到过，而在凡·高的生命中，在有教养的欧洲，这些却成为现实，成为惨烈的殉难。凡·高的故事是我们这个时代留给后人为数不多的永久遗产之一。

1921年发表于巴塞尔《国家报》

卫礼贤

《卫礼贤遗作》

在卫礼贤生前写给我的最后一封信中,他告诉我,他正利用自己的生病时间,不受干扰地翻译一部在欧洲尚且不为人知的中国古典名著。这部作品名叫《礼记——礼仪之书》,现已由耶拿的迪德里希出版,作为卫礼贤另一本书的姊妹篇。此书大致包含了儒家体系向道家精神开放之时的中国国家智慧和道德规范,它是中国五大智慧书籍之一。这部伟大而重要的著作也是卫礼贤向我们传授中国智慧之系列丛书的收官之作。

慢慢就会有越来越多的人认识到,卫礼贤毕生的心血是我们这个时代最伟大的作品之一。在对中国感兴趣的势利圈子里,他曾风靡一时;在达姆施塔特,他曾一度被当作装饰性的人物,与此同时又被几位野蛮无礼的汉学家同行批判为二流子,因为这些所谓的汉学家从未像卫礼贤一般,对中国文化有着如此个人化且深入的了解。

而卫礼贤本人就立于这些不断发生的误解之中,面带微笑,态度友好,充满中国智慧,冷静完成了他的伟大事业。只可惜,目前的德国主流舆论尚未认识到这项工作的格局和意义。当然,他所付出的大量精力和时间,滋养的不止我们这一代人。作为他翻译的最后一部中国作品,《礼记》对我们来说尤为珍贵。

1930年发表于达豪/柏林《书虫》

《人及其存在》

这本书收录了这位已故中国学者的十四篇文章和演讲,是一本智慧之书,充满救赎的力量,充满真挚的动机。卫礼贤的独特与巧妙之处在于，他不仅研究并理解了中国古代的智慧和生活艺术，而且在中国生活多年后，他又回到了我们的当下，回到了满目疮痍的战后德国，坦然面对当下的所有问题，他不是以学者的身份，而是以圣贤的身份来对待这些问题。他在我们之中生活和工作的这段战后岁月，他的东方知识，他在中国取得的智慧，不断经受着最严峻的考验，而他通过了这些考验：他不仅了解、翻译并注解了他的孔子和老子，还让他们在我们面前栩栩如生地复现。在我们的时代，没有哪个德国人比他更富有人性精神和崇高意志。这本奇书就是一次崭新的、珍贵的见证。

《金花的秘密——中国生命之书》由卫礼贤从中文翻译并注释，由卡尔·古斯塔夫·荣格附加欧洲人的评注，由多恩—格雷特—乌尔曼出版社于慕尼黑出版。

这本神奇的书是卫礼贤送给我的最后礼物，在这本东西文化交融的作品中，当今德国最优秀的两位思想家——卫礼贤和荣格以中国古代智慧为根基，发表了自己的观点。我只想说：任何在东方或西方的自我认知之路上迈出一大步的人，都能轻而易举地找到通往"金花"的道路，不管旁人是否有着同样的见识。

1932年发表于达豪/柏林《书虫》

聊斋

《中国鬼怪和爱情故事》是马丁·布伯在美因河畔法兰克福的文学中心出版的一本小册子。这本极出色的书既非诗歌学术的噱头，也并非对所谓的"民间文学"不着边际的贡献，而是开启了一个我们未知的童话世界。继《诗经》和庄子的寓言之后，这是我从中国古代文学中学到的最具诗意价值的东西。

是诗人蒲松龄将流畅的形式赋予这些奇异古老的故事。他是17世纪的一个穷学生，也是一个失意的学者，遗憾的是我们目前还无法读到更多他的作品。他讲的一篇篇"鬼故事"是如此自洽，语调是如此优雅，完全可以和童话相媲美，也不逊于德国格林兄弟搜集的童话传说。这些关于鬼魂出没的民间故事，与欧洲的同类故事一样，涉及亡灵和恶魔、梦境和幻觉。唯一不同的是，在中国童话里，白昼的人性世界和黑夜的恶魔世界之间，并不存在鲜明的对立。

书中的鬼就像霍夫曼童话中的鬼一样，在光天化日之下、在日常生活中与人类擦肩、与人类相遇，并不断与人类建立最亲密的关系，这种关系不是建立在畏惧和恐怖之上，而是建立在喜爱和最亲密的关系之上。就像一个女孩最珍惜的曼妙肉身被鬼魂复活并回归爱情一样，书中的图画、动物、物品、梦境和诗歌也成为美丽而优雅的精神性存在，穿越人们的生活，以优雅而高贵的姿态游走在生者之间。

一位已故法官的灵魂来到了一位缺少才华但谦和有礼的学生身边，向他传授智慧。在隐士的花园里，花朵长成了美丽的女人，改变了他的生活。天上的星星爱上了人类，来到人间品尝幸福和苦难。人变成了鸟，有爱心的精灵用泥土做食物，用树叶做衣服。在鬼故事中，事情往往有点混乱，像做梦一般，而中国人对怪诞的喜好偶尔也会让故事变得不合逻辑，但总的来说，故事并不愚蠢，就像在梦境中发生的一样，有种事件之连贯性与可能性的推演。《聊斋》的整个故事精神纯粹是关于正义和善良，这让我们这些外国人感到羞愧，因为我们的很多童话故事实际上是关于恶意和魔鬼的。

遗憾的是，我从未去过中国，但我在印度尼西亚及周边群岛的中国城镇度过了美好的日子，我永远不会忘记那里的中国人是如何生活的：宁静美丽，勤劳开朗，既有品位也有修养，介于脱轨的原始民族和文明的欧洲强盗民族之间。我在那个地方见到的一张张脸上闪耀着孩童般明亮的聪明，我在小巷和寺庙里一次次体会到那种豁达平和、勤俭朴素的品性。这些品质也都在这部奇妙雅致的作品中荡漾开来，绽放出笑容，虽然故事看起来都差不多，但每一篇都充斥着繁复瑰丽的细节，就像古老中国的丝毯一样动人。这些中国丝毯上有数以百计的鸟、龙、花、人、树和云，绣工精细而耐心，难以想象它们是如何被组合在一起，并构成一个宁静、幸福的世界的，可惜我们西方人只能领略它的美，却无法解释或复刻它的美。

书中的描写非常温柔优雅，比如，书生王子服注意到一位年轻的女士和她的仆人在一起。她刚刚折下一枝梅花，脸上荡漾着让人难以抗拒的笑。他目不转睛地盯着她看，于是她边走边对仆人说："这个年轻人的眼睛就像贼一样发光。"她笑着走远，花掉到地上；王书生拾起梅花，失魂落魄地呆立原地。之后，他怀揣着心事回到家中，把花放在枕头下，躺着休息。谁又能想到这个手握梅花枝的漂亮姑娘是妖，甚至是个"狐狸精"呢？！她还真是！王书生最后征服了她，她用爽朗的笑声点亮了他的生活。[1]

《袖里乾坤》讲的是一个会变魔术的道士的故事。自从我在新加坡看到中国著名魔术师韩秉谦笑眯眯地施展他的技艺，我就可以想象，这位道士让人爬进他的袖子里，人们以为自己是在一所大房子里，于是在墙上写下喜爱的诗句，而当他们从梦中醒来，回归日常生活，会发现这些诗句是被写在袍子的袖子里的，字迹细小却清晰，令人惊奇。

---

[1] 这一段应该是指婴宁和王子服。

更美，也许最美的是《莲花公主》：一位男子午睡了片刻，突然，一位身着蜜色礼服的绅士站在他面前，向他发出王的邀请。男人随使者来到王的宫廷，在那里饮酒、听音乐、享用美食。他见到了公主，并爱上了她，成了她的丈夫。就在他沉浸于幸福中时，一个可怕的怪物威胁要摧毁整个宫廷。所有人都逃了，但他想和心爱的人在一起。在动荡和死亡的恐惧中，他醒了过来，发现自己还睡在做梦前躺下休息的那张床榻上。此时耳边传来的嗡嗡声，恰是他在梦中常常听见的声音。他定睛一看，原来是蜜蜂在围着他转。他正要进一步探究，只见一大群蜜蜂向他飞来，请求他的帮助。原来有条蛇钻进了蜂窝，蜜蜂们无奈只能逃跑。

他帮助了这群蜜蜂，并对它们表示谢意，感谢一起经历过的所有美好。原来蜜蜂的宫殿正是他的梦境，蜂王正是他的东道主，而怪物则是那条蛇。在这个故事中，梦境和现实微妙而流畅地交织在一起，就像寺庙刺绣上的神奇图像和人物交织在一起那般，极具象征意义。

马丁·布伯出版过许多有趣的书，但没有什么比这些鬼故事更美丽的了。这些故事，我真的读不够。

1912年发表于《新苏黎世报》

《聊斋》是世界上最美的童话之一，既像格林童话一样天真而生动，又像中国的怪诞图画和青铜器一样奇诡梦幻。这些故事将恐怖和甜蜜牢牢结合在一起，将梦境和生活、恶魔和日常天真地结合在一起。这些元素水乳交融、虚实交叠，以至于我只能将它们比作美丽的梦境。正如我们在梦中所经历的那样，鬼魂与亡灵、现实与信仰的形态、可能与愿望、甜蜜与恐怖在宁静的微光中携手前行，有些事物在黑暗中模糊而暧昧，有些事物在表达中变得具有象征意义！

我希望每天晚上都能做这样的梦，我希望每年都能得到这样的新书，可惜它们都太过稀有！

1912年发表于达豪/慕尼黑《书虫》

凯尔特神话

在近代的文学史上,每当一个古老民间诗的片段在某处重新现世,或是当一个诗人回归到神话时代的失落回响中,它总能成为一个激动人心且令人印象深刻的事件。一百年前,奥西安圣咏从英国传遍欧洲,仿若一颗闻所未闻的流星划过夜空。但是渐渐地,人们对奥西安冷淡了,并且不再读他。为何会产生这种不公正的反馈呢?因为文献学家们认为这些圣咏是对原作者的无耻模仿。但不管学者们怎么说,奥西安圣咏确实具有征服世界的力量。为什么男人为之激动,女人为之哭泣?为什么年轻的歌德和成千上万的人会为之陶醉和动容?圣咏那打动人心的精髓,绝非平庸的苏格兰诗人麦克弗森能够企及。唯有古诗歌所留下的真挚情感和古老的民间精神，方能成就圣咏的鲜活动人。

我是听到一种声音了吗？那些日子的声音。
远古的记忆，常常回到我心间。

奥西安的精神在麦克弗森的歌谣中吟唱，成千上万的人欣喜颤抖着聆听来自远古时代的深邃之音，幽灵在夜间的暴风雨中盘旋，风中传来甜美的吟唱，这些歌谣来自别的世界——别的世界！据说，诗人的素材不过是些古老的盖尔语民谣和苏格兰民谣，只是啊，那个古老的精魂不想湮灭，它还想说话，想要打动许多人的心灵。这便是奥西安，一个残缺不全，支离破碎的流浪艺人。就算这些来自"别的世界"的低吟浅唱，经由一位二流诗人传颂后变弱了许多，但也并不妨碍这些诗句从一国流传到另一国，俘获了无数青年，抓住了无数人的心，激发了种种沉睡中的力量。

如今，这古老的精神再一次活跃起来，又有一位诗人的声音从那个缓缓消亡的岛上小族——盖尔族那里传来。这位诗人的名字正是菲奥娜·麦克劳德,她的书现在由迪德里希斯出版了德文版,书名为"风与伊沃格亚"。毫无疑问,它带有我们这个时代的特征,就像18世纪的奥西安带有18世纪的特征一样;它又是现代的,就像麦克弗森时代的奥西安一样。但麦克劳德的诗歌具有更纯粹的艺术形式,它不是模仿,也不是赝品,而是纯粹的散文诗。我们能够感受到,所有这些古老的凯尔特传说中都存活着一种诡谲奇异、如梦似幻的东西,当然,这些故事并非对古代传说的模仿和复制,麦克劳德诗中的美丽和鲜活属于当今盖尔人的生活。只因我们对盖尔人的生活方式是如此陌生,才会误以为是几千年前的。

英国人知道菲奥娜·麦克劳德大约已有十年了,但是关于她个人的种种细节依然不为人知。她活在凯尔特家园的渔民和牧羊人中间,在风浪、沼泽和岩石海岸之间,渔民和牧羊人都知道她、爱着她。她那些充满激情的诗歌创作都来自这个小小的生活圈子。拥有百年传承的古老民族居住在海岛之上,几乎与现代文明隔绝,他们依然吟唱着过去的歌谣,做着神话的梦,他们不了解《圣经》以外的书籍,而且用一种肃穆的虔诚,将《圣经》故事与恶魔传说、自然精灵故事混合为一体,并融入风暴、海洋和云朵的忧郁意象。

这本书讲述了这个民族和他们的生活,我希望更多人来读这本书,哪怕只是为了感受一次活生生的神话所蕴含的魔力。我们生活在这个时代,比以往任何时候都更接近地球的灵魂,我们每年都做夏日旅行,在湖里游泳,攀登雪峰,感受大地的植物和力量。这一切都是游戏,是与自然力量的玩闹和角逐,是一种快乐的出逃。这世上仅有少数人完全了解生活在大自然里是什么感觉,了解与大地和海洋、与动物和植物共生是什么滋味。在新近流行的诗歌中,描绘自然的篇章也越来越受欢迎。但真正的好诗歌是罕见的,它们常常伴随着一种微妙的画面感。仅有少数诗人能做到这一点,他们实实在在地触摸到大自然真实的心跳。比如在《风与浪》中,大地和海洋都是活生生的,它们深沉地呢喃,无所顾忌地表达热情和渴望。而菲奥娜·麦克劳德笔下的人类对自然并不陌生,也不以观察或享受的方式面对自然。他们属于自然，是自然的血肉和身躯，与自然中的生灵成为家人和朋友。他们用古老的咒语召唤海豹，对靠近自身的敌人和命运有着可怕的预感，他们将一个人的濒死状态视为船上的幽灵。而且他们都很容易忧郁，如果一位长期生活在海边的人不幸远离家乡的海和海边的风景，并患上思乡病，那么可能是"黑暗降临到他身上"，他能看到无名的魅影擦身而过。

他们的海豹传说有一种特别深沉、阴郁和痛苦的气质，伴随着最真挚的热情。根据传说，赫布里底群岛的一些家族起源于人与海豹的结合（这一点可以从他们的名字中看出）。直至今日，属于此家族的某个人仍有可能突然受到大海的召唤，陷入迷狂：他赤身裸体地躺在被海水冲刷的岩石上，自绝于上帝和人类，以海豹为挚爱，回归到海洋生物的家族中。从今往后，他就是人类的敌人，要追逐人类的船和网，猎杀人类的生命；因此，渔夫会呼唤那三个神圣的名字，对他念咒语，副歌是：

黑海豹啊，黑海豹啊，对你和你的整个家族，我施了咒语：

深海的海豹啊，你和你的人无法伤害我和我的人！

阿盖尔的某个贫穷村庄里住着一个小贩，他五十多岁，已婚，平平无奇地卖着奶酪和烟草，但他患有一种十分古怪的病：每隔一段时间，有时是间隔两到三年，他会被一种无法自控的躁动所折磨。有那么几日，他会突然变得害羞、忧郁、沉默寡言，然后有一天，他悄无声息地离开住所，在连绵起伏的海边悬崖上游荡。三个、四个、五个星期过去，人们依然看不到他，这个平日里迟钝的人，现在矫健得像一只野山羊，他上上下下地攀爬悬崖，在大海中嬉戏、涉水、拍水、拥抱海水，在湿滑的石头上晒太阳。他与暴风雨和大海激情交谈，甚至说出失传的古语；当他赤身裸体地站在海里，胡须上沾满泡沫，不断捧起海水往头上浇，当他召唤、爱抚、亲吻大海，与大海对话时，他会感到一阵阵欢欣的悸动。几个星期后，他疲倦地、安静地回到家中，穿着他惯常穿的衣服，用惯常说话的语气和妻子打招呼，平静地恢复生意。

不过，除了这些狂暴的激情，阴郁的忧伤，这个奇妙民族的生活和信仰中也存在着光明和善良的力量。他们热爱阳光和南风，他们喜欢唱歌和吹笛，他们是如此虔诚，他们与他们所信仰的生灵保持着真挚的、亲密的、孩子气的关系。

《人类渔夫》的故事具有无比美好、温暖、祥和的童话基调：一位牧羊女已经白发苍苍，她感觉死亡的阴影笼罩着她。有天她在溪边邂逅了一位英俊的陌生人。此人身材高大修长，面容疲惫而忧伤；他衣着简陋，却有一双纤细白皙的手、一头长发和一双温柔善良的眼睛。她见他是个陌生人，就用英语与他交谈，但他却用流利的盖尔语回答了她。她问他叫什么名字，他自称是"木匠之子"。牧羊女心中纳闷，因为没有哪个盖尔人会告诉陌生人他的秘密姓氏。当晚，这位老妇人将溪边的奇遇告诉了儿子阿拉代尔，他也猜不出那个陌生人是谁，但预感死亡即将来临。这天夜里，他目睹了母亲的死亡，跪在母亲身边伤心哭泣。他听见有人敲门，却不想让任何人进来。但来访者再次敲门，并走了进来，他正是"木匠之子"。他给这个孤儿带来了慰藉与安宁。

在《遥远的国度》这篇小说中，灵魂本身似乎也在诉说着什么。难以言传的情感和直觉，无形无象地盘旋于文字背后，却又仿佛触手可及。想象力的疆域是有限的，甚至在道德方面也是如此；但这篇小说却以巨大的冲击力和丰富的内心世界展现了想象疆域之内的东西——有些段落的效果就像远方夜色传来的无名动物的叫声一样，充满神秘和预感，令人兴奋，让人瞥见梦境和灵魂的隐秘中间带。一些斯堪的纳维亚作家，如克努特·汉姆生和偶尔出现的拉格洛夫，也找到了类似的调性，但都没有这样的沉着、简洁和不言自明，都没有这种简单却大气的主观视角和感受。

这本书虽然不是什么《圣经》，却也是一种启示，它可能会让许多读者在未来很长一段时间内彻底厌弃那些琐碎无趣的普通诗歌和时髦诗歌。

1905年发表于《新苏黎世报》

阿拉伯童话

评由利特曼转译和编纂的《耶路撒冷故事集》

这本美丽精装书中的童话故事并非来自古老的书面记录，而是来自我们这个时代，它是根据流传至今的许多传说写成的，也是由耶路撒冷的一位妇女口述的，她是一位真正的童话之母，堪比尼德兹韦赫伦的那位妇人（格林兄弟从她那儿听到了许多童话故事）。这些故事并非用文学语言记录的，而是用现代的阿拉伯俚语记录的，就像在耶路撒冷的民间口口相传的那样。利特曼正是以这种形式搜集了这些童话，并在1900年左右带回了这些童话，随后不久便出版了第一卷原文版本（莱顿，1905年），这是第一本用耶路撒冷阿拉伯语印刷的书籍。

如果将这些耶路撒冷童话与《一千零一夜》中的童话（其中的一些主题当然也在这里出现过）进行比较，我们或许可以发现，在这个时代的思想和概念大量增加的同时，讲故事的艺术也在遭受某种倒退和衰落：这本古老的经典故事集向我们展现了在东方叙事艺术的鼎盛时期，天真的叙述乐趣是如何与高级的文学教育、宗教的思维训练相结合的。也许利特曼的《耶路撒冷故事集》缺少《一千零一夜》的古典性。但是，它以一种不那么丰富、不那么有教养的面目保留了真正的东方叙事传统，《耶路撒冷故事集》和《一千零一夜》是从同一个古老源头流出的，同样保留了经典的、真正的童话史诗的精髓，是晚期童话史诗的遗孤，却也是童话史诗的合法后裔（童话史诗从印度到地中海蓬勃发展，并通过种种渠道哺育了自薄伽丘以来年轻的西方故事艺术）。任何热爱这个印度—波斯—阿拉伯童话体系并了解其深厚魔力的人都明白，如今的小说哪还有此等魔力？这类读者懂得珍惜利特曼留下的礼物，毕竟，十字军东征时期的那个东方世界已经所剩无几了。

从查理曼大帝的传说再到阿里奥斯托和维兰德的《奥伯龙》，印度—波斯—阿拉伯童话体系在西方诗歌中一再闪耀；一百多年前，它也再度成为德国和法国浪漫主义的象征符号和憧憬之地。实际上，与西方的军队和枪炮相比，西方的书籍、报纸、商业行为和职业道德对童话中的东方意象和冥思之乐的破坏更为彻底。好在，这个童话世界不仅存在于图书馆中，还继续鲜活地存在于东方人的家庭和朋友圈子中。在讲故事的人的口中，古老的魔法艺术仍然栩栩如生，尽管它几乎已被电影和报纸所压制。

1935年发表于巴塞尔《国家报》

论诗歌

在我十岁那年,有一天我在学校的阅读材料上读到一首诗,我想它的名字叫《斯贝克巴赫尔的儿子》。这首诗讲的是一个英勇的小男孩在枪林弹雨中参加战斗,或者为大男孩捡子弹,或者做了其他英勇的事情。我们几个男孩都很激动,等我们读完,老师略带嘲讽地问我们:"这首诗好吗?"我们都大声说:"好。"但他笑着摇摇头说:"不,这是一首坏诗。"他说得没错。他是对的,按照我们这个时代和艺术的规则及品位,这首诗并不好,不精致,也不真实,是一个劣质作品,但它还是让我们这些孩子心中充满奇妙的热情。

十年后,二十岁的我在初读任何一首诗的时候,就敢说诗的好坏。只需一眼扫过去，接着低声读出两行诗句就足够了。

几十年已过去，那么多诗歌从我手中和眼中流过，如今当人们把一首诗展现在我面前时，我却变得犹豫了，不知道是否应该认可这首诗的价值。经常有人找我看诗歌，大多是年轻人，他们对诗歌有自己的"判断"，想为诗歌寻找出版商。而当这些年轻的诗人们看到我这位被他们寄予厚望的长辈其实"毫无经验"，只会翻阅诗作，却不敢对诗作的价值发表论断并给出结论时，他们总是流露出惊讶和失望。是的，我在二十岁时能够快速决断的事情，现在却变得困难，准确说，不是困难，而是不可能。顺便说一句，"经验"是另一种你年轻时以为会自然而然产生的东西，但它并不自然。有些人拥有"经验"的天赋，即使不是从娘胎里就有，也是从学校里就有了。但另一些人，包括我自己，活到四十岁、六十岁、一百岁，甚至到死也学不会，也不明白所谓的"经验"到底是什么。

我在二十岁时就有了评判诗歌的自信，这是因为我对一些诗歌和诗人的喜爱是如此强烈，几乎到了专一的地步，以至于我一旦接触到新的书和新的诗,就会立即与它们进行比较。若与它们相似,那便是好的,否则就是不好的。

如今,我仍然有几位特别喜欢的诗人,其中几位没有变过。但我现在最怀疑的是那些能让我立刻想起当年某位诗人的诗。

我不想谈论一般的诗人和诗歌,而只想谈论"糟糕"的诗歌,即那些除作者本人之外,被大部分人视作平庸、卑微、可有可无的诗歌。多年来,我读过不少这样的诗,我曾经明明白白地知道它们有多不好,也知道它们为什么不好。但是现在,我不再那么肯定了。这种确定性,这种鉴赏知识,也像每一种习惯和每一种知识一样,在某个瞬间以可疑的面目出现在我面前,并突然变得枯燥、干瘪、无趣,有了缺口。它反抗我,最终,它不再是知识,而是某种已经过时的东西,某种躺在我身后的东西,我不再理解它曾经有过的价值。

目前,我在读诗时往往会遇到这样的情况:对那些一眼就能看穿的"坏诗",我有一种想要认可甚至赞美的欲望,而对那些好的诗,甚至最好的诗,我却常常持怀疑态度。

我不妨用教授、公务员和疯子的概念来打个比方：通常，人们清楚知晓并确信，公务员是一个无可指摘的公民，是上帝名正言顺的孩子，是人类编制中正确、有用的一员，而疯子只是一个可怜的家伙，一个不幸的病人，人们容忍他、同情他，知道他没有任何价值。但是，当一个人与教授或疯子有了异常频繁的交往时，比如数天甚或短短几个小时，情况就会发生逆转：这时，人们会在疯子身上看到一个安静、快乐的人，一个对自己有安全感的人，一个聪明人，一个上帝的宠儿，充满了个性，在信仰中自给自足，而教授或公务员反倒显得平庸且无聊，既无个性，亦无天真，泯然于众人。

有时，我对坏诗也有同样的感觉。突然间，它们在我眼里不再是坏诗了。突然间，它们有了味道，有了独特性，有了孩子气，甚至那些显而易见的弱点和错误也是动人的，是新颖的，是甜蜜的，令人陶醉，而在它们旁边，人们原本钟爱的"最佳诗歌"反倒显得有些苍白和无聊。

顺便提一句，自表现主义时代以来，我们在一些年轻诗人身上也看到了类似的情况：他们出于原则不再写"好"或"美"的诗。他们认为，优美的诗歌已经够多了，自己并非为了创作更多优美诗歌而生的，也不是为了继续玩前人开创的耐心游戏。他们也许是对的，所以他们的诗有时听起来和"坏诗"一样动人。

各种原因极易找到。诗歌的起源非常明确：它是一种释放、一种呼唤、一种呐喊、一种叹息、一种姿态、一种体验中的灵魂的反应，它试图用这种反应来抵御一种激荡或体验，或使自己意识到这种激荡或体验。最初，它只对诗人本人说话，它是他的呼吸、他的哭泣、他的梦想、他的微笑、他的抨击。谁会评判一个人的夜梦是否具有审美价值，谁会评判我们的手和头的动作、姿势和步态是否实用？一位作者咬笔杆子，就像穿尿布的孩子把拇指或脚趾放进嘴里，就像孔雀开屏，都是明智而正确的做法。他们谁也不比谁更好，谁也不比谁更正确，谁也不比谁更差。

有时，一首好诗除能让诗人放松和解脱外，还能激起他人的愉悦、感动和共鸣。它所表达的是很多人都有的，是在很多人身上都会发生的。大多数时候都是这种情况，但也不是绝对的。

一个令人担忧的循环由此开始。因为"优美"的诗歌会让诗人受欢迎,所以现在诞生了很多只想优美的诗歌,它们不再通晓诗歌最初的、原始的、神圣的功能。从一开始,这些诗歌就是为他人、为听众、为读者而作的。它们不再是梦境、舞步或灵魂的呐喊,不再是对经历的反应,不再是结结巴巴的愿望图景或魔法公式,不再是智者的手势或疯子的狰狞面目——它们只是有意为之的产品,是被编造出来的,是迎合听众的巧克力糖。

它们被制作出来,供购买者分发、销售和享用,以讨好、振奋或消遣众人,而恰恰是这类诗歌获得了掌声;你不必认真而充满爱意地沉浸其中,你不会被它折磨和震撼,但你可以轻松方便地与它漂亮、适度的振动产生共鸣。

如今看来,这些"优美"的诗歌有时也会像任何被驯服的、循规蹈矩的东西一样令人厌恶和怀疑,比如教授和公务员。有时,当"正确的世界"实在令人厌恶时,人们会倾向于砸碎灯笼,点燃圣殿。在这样的日子里,"美丽的"诗歌，甚至那些神圣的经典，都有点像被审查过的，被阉割过的，它们太被认可，太听话，太婆婆妈妈。这时，你再看看那些糟糕的诗歌，会发现它们都还"不够坏"。

但失望也潜伏在这里。读烂诗是一种极其短暂的享受，你很快就会厌倦。但为什么要读？难道自己不能创作烂诗吗？去做吧，你会发现创作烂诗甚至比读那些最美的诗更有满足感。

    1918 年创作，后收录于《书籍的世界》

关于荷尔德林

近百年来,有位德国诗人一直吸引着卓越者的目光,他是理想主义青年的秘密宠儿和国王,却不曾为大众所知:荷尔德林。他的作品是一本小诗集,其中一部分充满了赞美诗般的活力,另一部分则是最细腻的诗性沉思,听起来无比奇妙,令人激动,同时又充满了悲剧色彩。他的人生在经历了短暂而灿烂的青年时代之后,陷入了混乱和疯狂,但也充满了超越个体的神话气氛,他是被上帝选中、被上帝眷恋的诗人的原型,闪耀着超人的纯洁,充满了高贵与痛苦之美,他是那种在"正常生活"中注定崩溃的诗人,他将短暂而辉煌的精神之花留在人们的记忆中,而这种精神之花通常只伴随那些英年早逝的人。

最近几年，这位荷尔德林被德国青年重新发掘出来，他对德国人的劝诫被赋予更新的、更强大的意义，这位美丽的异乡人再度闪耀星光，尽管时代的气氛很容易将任何一种热情转化为时尚，而当时也确实产生了"荷尔德林时尚"：这位难以被理解的诗人，最后在许多沙龙的桌子上，与佛陀的演讲和泰戈尔的专栏相邻。眼下，这种风气似乎又快要消失了，但有一件好事却保留了下来：语言学家和出版商也在努力了解荷尔德林，于是为他的作品和书信出版了精美版本。

我认为，即使近年来总有些人吵闹地吹捧荷尔德林，但他们并未完全理解荷尔德林。眼下，在这弥漫着末世情绪的战败的德国，人们想起荷尔德林也绝非偶然。在革命时期，荷尔德林的诗歌偶尔会呈现出一种宣言式的特质，不仅仅是因为他那火热的赞美诗所具有的狂喜性质，更重要的是诗人的人格、贵族气质和高贵的超越感，在这个极度堕落、无望摆脱物质困境的时代产生了如此深远的影响。荷尔德林不仅是一位诗人，他本人，包括他的性格，与他的文字作品并不完全相同。他还意味着更多，他是一种英雄式人物的代表。

《荷尔德林》是《诺瓦利斯》一书的对照,汇集了诗人荷尔德林一生中最重要的文献资料。荷尔德林的整个本质与诺瓦利斯截然不同,却表现出与诺瓦利斯相似的典型命运:一个非凡而聪明的人无法适应"正常世界"的命运,一个无法忍受日常生活的"星期天孩子"的命运——在平庸生活的空气中窒息。

在荷尔德林的一篇非常杰出的散文中,有这样一句话,表明诗人似乎感受到了自己的命运,并在内心深处认识到了自己的缺失:"这一切都取决于这样一个事实,即优秀的人不把愚蠢的人排除在外,优雅的人不把野蛮的人过多地排除在自己之外,但也不把自己过多地混入其中,他们以坚定而冷静的方式认识到自己与他人之间的距离,并从这种认识出发,去工作,去忍耐。如果他们过于孤立自己,就会失去影响力,在孤独中沉没。"这段话在深刻认知的基础上提出了这样的要求:精神性的人不应该过分逃避生活中天真自然的一面,崇高的人不应该过分逃避难以避免的普通日常,而应该在适当的范围内允许它的权利。用现代心理学的语言来说：如果过于偏颇地将本能生活置于敌视本能的精神统治之下，就会危及生命，因为我们的本能生活的任何一部分若没有得到完全的升华，都会以"压抑"的方式给我们带来严重的痛苦。

这是荷尔德林的个人问题，他屈服于这个问题；他在自己的内心深处培养了一种精神，但这种精神对他的天性造成了伤害，并且他还不具备席勒那种惊人的韧性。席勒在非常相似的情况下，为精神意志的修炼树立了最高典范，并因此不断自我消耗，直到把自己耗尽。与席勒一样，荷尔德林也是一位彻头彻尾的多愁善感者，是他自己的崇拜者和学生，过高的自我要求使他殚精竭虑。他努力成为精神化的典范，但这一尝试却以失败告终。

当我们审视荷尔德林的诗歌时，我们会发现里面有着席勒式的精神性，尽管对荷尔德林来说是高尚的，但也基本上是强加给他的。毫无疑问，在这些奇妙的创作中，我们最欣赏的既不是其思想的"内容"，也不是其有意为之的精湛技艺，而是其独特的音乐暗流，以及节奏和音调的神秘感，虽然它往往几乎被席勒的模式所淹没。在荷尔德林的许多诗作中，这股潜藏在潜意识中奇妙而神秘的创作暗流几乎与他刻意培养的诗歌理想背道而驰，而当这股秘密的创作力量萎缩了，他本人也就随之消逝。

然而，这些关于诗人个体心理的思考并不能涵盖荷尔德林的问题。他的命运首先是一种英雄的命运，而这种命运是超个人的。正是由于这个原因，我们经常看到伟大的天才人物在逆境中消亡，而小人物却能轻松应对，人们根据生活常识，很容易将天才宣布为精神病人。毕竟除去别的，他们的确如此。但他们依然是英雄，是人类试图变好的崇高而危险的尝试。就算这样的英雄最后没有以可怖的、意外的方式迎来终结，他们的命运也依然是英勇而悲壮的。荷尔德林注定要以广为人知的方式来描绘天才人物的这种悲剧命运，而席勒生命中的暴烈悲剧，也在荷尔德林身上实现了特别显著而动人的表达。尽管荷尔德林表面上很受欢迎，却很少有人了解他，因此，或许可以向这位诗人的朋友们介绍一下他的命运。对于荷尔德林来说，作品和命运是不可分割的，尽管他晚年失智，但深邃而神圣的语言创造力仍不时涌现，令人惊叹。

1925 年发表，
黑塞为《荷尔德林传》所作的后记

一位无名诗人

前不久我在查看席勒基金的名单时,看到了一个喜爱的名字。这位作者几乎不为人知,而且长期过着隐世的生活,尽管他写了一系列的书,并且是一位真正的诗人。

这位名叫克里斯蒂安·瓦格纳的诗人,如今已是七十七岁高龄,一直居住在施瓦本的一个叫瓦姆布隆的村庄。他一生之中几乎不曾离开过这里,一直过着最朴素、最简单的生活,通过书籍和偶尔的旅行补充知识、开拓视野。这位"农夫诗人"从未想过要成为一名"文学家"。他不曾学会什么是野心,并不想利用自己的高超天赋成就什么"伟大事业";他不曾与人共事,不懂得任何一种知识阶层自嘲的笑话,也不懂任何一种绝望的自我批判或精神疲劳，虽然这些要素经常出现在我们的新文学中。于他而言，天赋既是一种孤独的义务，也是一项骄傲而美丽的奖赏。作为一名负有使命的先知，他漫步于故乡的森林中，内心深处跟随自然的召唤，身边没有一个同类的时候，他还可以用最细腻敏感的觉知与大自然对话。"帮助你们重新找回权利，你们这些可怜的、丧失了精神与神性的田野"已成为他的使命和任务。他并非一位战战兢兢摸索美学，读过诗于是尝试写诗的农民，他的一切都源于自然，而非书本，而他天赋的根基，在于他那敏锐细腻的觉知。这位将近八十岁的老人，如今仍然有着充满好奇的明亮双眼和探索者的敏锐洞察力，他带着它们走过乡间田野。

花草和树木向他说话，春与秋让他感怀，在他眼中，生命的谜语和光亮无处不在。这位农民便是如此感知万物生灵的一体性，并成为爱的传道者和生命的守护者，在内心深处找到一种和吠陀与佛陀近似的世界观。为此，他追随每一次瞬间的冲动，为自然的神奇谱写诗行。他在环绕四周的空气和水流、花草和鸟兽中，寻找到消逝的爱和自身枯萎的部分，他一遍遍地体悟万物的内在连接。他凭冲动写诗，无须多加思考。他很少追求诗歌的工整，而一旦想要这么做，就只会选择六行诗，并被句式和规则折磨。好在，他心中的诗人和先知并不逼迫自己去做这些尝试，而是在散文和诗歌中自由徜徉，用神圣的视角来书写。在整本书中，从开始的序言到最后的句子，精彩的思想如潮水般汹涌，一浪接一浪。他在哲学或宗教中寻求表达，总能创造出丰富多彩的新语境。这些书并不容易读懂，因为它们既朴实又悲悯，既诗意又业余；它们就像一个敏感怪人的情感传递。那个怪人孤独地站在植物和动物中，寻找着他的朋友；同时，这位隐者、布道者和先知，又对人类怀有最深沉的爱。

在这些诗句之间，时不时夹杂着一节诗行、一个比喻、一节具有元素美感的诗歌段落。这些是瓦格纳最深邃的诗歌，他并不需要什么六行诗，因为他最擅长使用并不老练的笨拙语言。在他的这些作品中，只要出现一点机智和一点刻薄，就能显出他的业余；相反，只要在这些作品中加入一点诗意感悟和一点爱，你就会发现这位诗人的心灵在与创作和谐共振——形式上的小瑕疵已经无关紧要，他要对我们说的话，正是最聪明的文人和最细腻的天文学家无从知晓，无从拥有的。

我对克里斯蒂安·瓦格纳知之甚少，只知道他一生都在家乡务农。40年代他在村里上小学时，偶尔还获得过一些地方性的小荣誉，更多的就一概不知了。大约十二年前，我第一次迷失在他的最老的一本书中，仿佛走在原始森林的蜿蜒小路上。从那时起，瓦格纳就常常占据我的思绪。几年前，我曾亲眼见到了他。当时他来看我，坐在我的书桌旁。

他个子不高，头发花白，额头高高的，眼睛明亮而纯净。我们一道走过田野，他走得非常快，有种不可思议的坚定。他用专注的目光观察一切事物。与他道别后，我停下脚步，怀着激动和崇敬的心情，看着这位小老头儿迈着轻快步子消失在森林深处，像一位魔法师。

他是我辈中少有的诗人，我敬重他，不仅因为他那双明亮而美丽的眼睛，也不仅因为他那令人动容的老者身影，而是因为在他的形式零散的作品背后，有一种深刻的、统一的、亲切的体验,当然还因为,他拒绝学习和实践那些僵硬的艺术技巧。他这么做,并非出于安逸或傲慢,而是出于苦难和纯真,以及对伟大内心呼唤的纯粹认识,而这种呼唤已经远远超出了"写漂亮诗歌"的范畴。

1912年发表于伯尔尼《联盟》

圣诞书话

任何一个在不朽的书籍世界中稍稍安顿下来的人，很快都会进入一种新的关系，不光是与书籍内容的关系，还有与书籍本身的关系。读书人不仅被要求读书，还常常被要求买书。作为一个老书迷和资深藏书者，我可以根据自身经历保证，买书不只是为了养活书商和作者，藏书也不只是为了受教，而是有其独特的乐趣和福德。

对于预算有限的人来说，通过购买最优性价比的大众版本以及研究书籍介绍册，一步步地、巧妙地、顽强而狡猾地创建一个漂亮的小图书馆，是一种乐趣，一种令人愉快的活动，就算有困难也不怕；而对于受过教育的有钱人来说，为每一本喜爱的书找到最好、最美的版本，收集罕见的古书，然后为自己的书装上精美的、用心设计的装帧，是最精致的乐趣之一。有许多方法可以做到这一点，从精心投资到豪爽挥霍，其中有太多道路，太多乐趣。

当今世界有一种低估书本价值的倾向，对于一些年轻人来说，不热爱生活而热爱书本似乎是可笑的、不值得的，他们认为生命太短暂，太宝贵了，却要把周末时间花在咖啡馆的音乐和舞蹈上。我想说，"现实世界"中的大学和工厂，证券交易所和娱乐中心固然充满了烟火气，但如果我们每天花上一两个小时来阅读和学习智慧，或许更能接近生活的本质。

1930 年发表于《书虫》

致读者的一封信

亲爱的朋友:

你的讲述者又一次躺在宾馆的房间里,等着别人把浓汤送到床上来。当然,床头柜上是堆满书的,另一张桌子上也是,手提箱里还有一些。我们又可以重新读书了,书籍不再像战后时期那样颓丧绝望,从英文书籍汲取养分的方法也取得了进一步进展。人们现在都喜欢薄薄的、需要时可以放进衣袋的便携书,于是出版商们都试图把大部头印得更薄、更易读。

这方面的一个优秀例子是德累斯顿的沃尔夫冈·杰斯出版的格雷戈罗维乌斯的《雅典和雅典娜》的新版本

(顺便说一句,这部作品比大多数小说更让我感到有趣和紧张)。

我倒想听听出版商的意见:近年来出现的,在书的每一页反复提醒书名的坏习惯是从哪儿来的?大概来自美国吧?当然,如今有很多人已经没有精神能力,也没有足够的兴趣去记住书名超过一分钟。这些无药可救的人不看书,他们生产商品,从事体育运动,当图书出版商认为他们必须照顾到这些可怜的头脑时,他就大错特错了。还有一些人,他们注定不会真正读一本书——难道他们真的需要在读《堂·吉诃德》或《绿衣亨利》时,每隔两分钟就被提醒一次正在读的书的名字吗?

您知道吗,一本关于我的新书已经出版了,是汉斯·鲁道夫·施密德写的《赫尔曼·黑塞》。瑞士的记者们迷上了这本书,它的确很好笑,施密德放弃了需要耗费时间和毅力、精确但枯燥的语言学方法,转而使用了被我们这个圈子称为"心理分析随笔"的轻松方法。他捏造了一个黑塞,并为其撰写了传记和精神分析。他对待这个自由捏造的"黑塞玩偶"的方式,就像聪明的孩子对待他们的玩偶一样：给他穿衣服，给他脱衣服，给他画胡子，卸掉他的一只胳膊和一条腿，让锯屑从他肚子上的洞里流出来，并遗憾地指出，他在那里的时间越长，你看他的时间越长，这个黑塞看起来就越蠢，除了这些，也没有什么积极的东西了，所以你不禁要问，为何有人努力读这么多黑塞的书，学习能够替代心理分析的表达方式，只是为了夺走一块毫无价值的玩偶身上的锯屑填充物？

这本书也让我学到了不少，好的和坏的都有。我觉得可惜的是，这样一本毫无希望的书是用毫无希望的德文写成的。按照惯例，大多数年轻哲学家都是用这种德文来写论文，教授同意学生这么做，学院也因此授予学生以博士学位。现在，他戴着这顶学术帽，而满地都是锯末。施密德先生在他的书中向年轻时的习惯致敬，尽管这种习惯在学术界已不再流行，那就是带着粗暴的价值判断四处射击，肆意发表个人的观点、意见和怨恨。我不希望看到这种方法成为苏黎世大学的流行方法。施密德的书虽然颇具幽默感，但我并不像其他一些人那样为之着迷，当然，我还是会继续向我的朋友和敌人推荐这本书。

现在，一个漂亮的、梳着辫子的黑衣少女给我送来干面包片和蔷薇果茶，还把我床头的书清理了。她又跑了出去，回来时手上拿着一大束紫红色的菊花，说是留给我的。在我看来，这些花对于病房来说，实在是太隆重、太具有装饰性了，搞得好像只有人死掉，让这些花正式摆在病床上，才算对得起它们似的。这些花儿是如此庄严，一朵朵又大又重，有着蜷曲的花心。好了，夏天的花就到此为止了。我喝点茶，想办法睡着。

1928年发表于《德累斯顿新闻》

秋季下雨的星期天

阅读一直是我用来对付阴霾雨天的武器之一，我手边的精美书籍也多了那么几本。只可惜，这个时代最好的书，其滋味也不如那些当年的书了，比如《匪首》。岛屿出版社给我寄来了费利克斯·蒂默曼写的《彼得·勃鲁盖尔》，这位悠然自在的弗莱芒作家用他那饱满、天真、从容的笔调，用连环画一般的可爱方式，描绘了他同胞的伟大一生，我喜欢读它，即使它并不会让我战栗或兴奋。或者我也可以读读库诺·费德勒的《认知的阶段》（慕尼黑的乔治·穆勒出版社）。书中，一种不同寻常、激烈而狂野的精神在与一个最生动的问题做斗争——人类的不平等。

他发现（在我们这样一个民主和思想已经饱和的时代，这算是一个发现），没有哪个普通人能够这样接近康德的思想，但在"无趣"的普通人中间，偶尔亦有高人，他们往往是病态的，但他们有机会说出真相，说出生命进程的不可阻挡性，说出每个个体对整体的象征意义。费德勒目前在试图建立一个精神和性情的分级制度，一个价值的阶梯，这样做既过时又迫切。他只能这么做，因为在手段不足的情况下，别无他法。我们可以在必要时理解他的语言和他的意义形象，但我们无法采用它们并转化为我们自己的东西。无论如何，他的书都充满了生命力和精神，理应得到高的评价。

也是乔治·穆勒这家出版社，给我寄来了阿尔弗雷德·库宾的小说《彼岸》的最新版本，这本令人难忘的书是近几十年来最富诗意的作品之一。更令我欣喜的是，新版中还收录了库宾的几幅新画。库宾绝不是我最愿亲近、最为偏爱的那类艺术家，但在我们愚蠢的娱乐和工业艺术中，他是少数几个我认可的艺术家之一。这类艺术家是我的兄弟和同类，隐居在某处，迷失在他们自己的游戏中，受苦受难却硕果累累,从不卖身求荣,他们存在于喧嚣和欺诈之外。

1928年发表于《柏林日报》

阅读是安静的自我觉醒

作者 _ [德]赫尔曼·黑塞　　译者 _ 易海舟

编辑 _ 闻芳　　装帧设计 _ broussaille 私制
主管 _ 李佳婕　　技术编辑 _ 顾逸飞　　责任印制 _ 杨景依
出品人 _ 许文婷　　物料设计 _ 孙莹

果麦
www.goldmye.com

以 微 小 的 力 量 推 动 文 明

图书在版编目(CIP)数据

阅读是安静的自我觉醒 / (德)赫尔曼·黑塞著；易海舟译. -- 天津 : 天津人民出版社, 2025.4.
ISBN 978-7-201-21031-5
Ⅰ. I516.65

中国国家版本馆CIP数据核字第2025FJ8806号

阅读是安静的自我觉醒
YUEDU SHI ANJING DE ZIWO JUEXING

出　　版	天津人民出版社
出 版 人	刘锦泉
地　　址	天津市和平区西康路35号康岳大厦
邮政编码	300051
邮购电话	022-23332469
电子信箱	reader@tjrmcbs.com
责任编辑	康嘉瑄
编　　辑	闻芳
装帧设计	broussaille私制
制版印刷	北京世纪恒宇印刷有限公司
经　　销	新华书店
发　　行	果麦文化传媒股份有限公司
开　　本	770毫米×1092毫米　1/32
印　　张	6.5
印　　数	1-8,000
字　　数	94千字
版次印次	2025年4月第1版　2025年4月第1次印刷
定　　价	45.00元

版权所有 侵权必究
图书如出现印装质量问题，请致电联系调换（021-64386496）